U0093883

BEST CHOICE ★ EDBA 擎天商學院 ★

公眾演說的秘密

The Secret Of Public Speaking

學會公眾演說，你將能達成：

快速克服
上臺恐慌症

個人魅力、
知名度飆升

影響力、
收入直翻倍

產品／服務
熱銷狂賣

激發團隊
熱情與潛能

亞洲八大明師首席

王擎天 / 著

一本可以讓你增長
數倍說話功力的寶典！

　　王擎天博士又要出書了，受邀寫序，我義不容辭，王博士是我生命中最重要的貴人與恩師，每次相處就像家人一樣，常從博士身上不斷學習到源源不絕的新資訊，就像一座知識寶庫般，總是學習不完，而且王博士提攜後輩的精神，讓我非常的感動，也值得我學習與效法，生命中能有像親人般的恩師，在身邊不斷的提攜與支持是我最幸福的事。

　　王博士自從投入教育培訓事業以來，他不僅能勝任專業培訓、博雅教學之任務，而且還能著書立說，短短幾年之中著述百本之多，讓我目睹了何謂「著作等身」之盛況！

　　今天，王擎天博士又完成了一部新作《公眾演說的秘密》，我有幸先睹為快，深深感到這是一部值得向海內外廣大讀者推薦的好書，文中行雲流水般的文字中顯露出淵博的知識，簡潔易懂的描述讓你能迅速理解方法，完全不藏私的演說經驗與祕訣分享，以及實用、有效果的演說公式技巧等等，我從內心深處佩服至極。

　　值得重點一提的是，本書談公眾演說的六大步，透過循序漸進的引導，讓你輕鬆地融會貫通公眾演說的秘密。這也是演說培訓領域開創性的一刻，將需要實戰經驗較多的演說世界，在你面

前，透過六個章節的關鍵要點，清晰、詳盡地呈現出來。

　　毫無疑問，這是一本值得你永久珍藏的好書，因為書中的技巧並不是僅僅來自於現今的演說培訓課程當中，而是來自於個人實戰，並融合了溝通交際、行銷理論、色彩心理學、行為心理學、場控技巧等於一體，打造出的一本無懈可擊之公眾演說的祕笈。這也是一本有關揭祕演說的寶典，也必將是一本利於增長智慧，促進個人成功的佳作。

　　所以您一定要讓自己和團隊，比競爭對手更快學會公眾演說的秘密，也就能夠更快地成功。

　　為什麼您一定要買這本書呢？

◎這本書已把公眾演說的過程整理成六大步驟，幫助我們簡單學習好吸收，容易運用出來，成為演說高手。

◎可以了解「如何一步一步引導觀眾說 yes」的過程。

◎學會「走上舞臺，把話說出來，把錢收回來」的本事。

◎學會如何認識人，了解人，你將無所不能的本事。

◎可以學到了解觀眾（潛在客戶）的需求心理與渴望，啟動他的購買欲望。

◎這是一本實戰經驗，經過反覆驗證，所產生的一本實戰工具書。

◎學完這本書，可以讓你的業績成長 10 倍以上。

◎領導人能有效激發團隊的潛能，如果帶著團隊一起學習，業績更會快速得像閃電般成長，這是一本每個團隊、每個人都需要的說話寶典。

◎這本書收錄王博士近二十年豐富的公眾演說實戰經驗與技巧分

享，看完這本書，就等於少走了很多冤枉路，更賺到了時間和金錢，以及未來因演講而增加的收入。

◎因為這是一個競爭的時代，任何事比的都是速度，所以一定要比競爭對手提早學會「銷售式演說」的秘密關鍵，才能更快讓自己業績倍增。

◎尤有甚者，本書還搭配了整套資訊型產品：除了書（紙本與電子版）之外，還有 DVD、CD 等影音實況授課光碟，一般的影音光碟大部分是在攝影棚內收音拍攝而成，少了現場實況的臨場感。而本書搭配之影音光碟是王博士在王道增智會講授「公眾演說的秘密」課程的實況 Live 原音收錄，你不需繳納 $19800 元的學費，花費不到千元就能輕鬆學習到王博士的秘密系列課程！（《公眾演說的秘密》視頻有聲書 2DVD+1CD 售價 $990 元，墊腳石等各大書局均有售。）

◎人生無處不說話！揭開公眾演說的秘密，人生境界就此展開！

　　有太多太多的理由，需要擁有這本書，我在業務領域 18 年來，發現這本書不但可以讓你少走不少冤枉路，而且是可以讓你業績倍增的說話聖經，「一對多銷售」是通往夢想的最佳途徑，而銷售最終的結果就是要「成交」。

　　所以，期待大家一起透過這本《公眾演說的秘密》，成為演說高手，實現人生夢想，邁向超越巔峯的人生！

超越巔峯執行長　

林裕峯

業務領域 18 年經歷，帶領萬人團隊！
投資大腦超過 300 萬以上，公眾演說超過
3500 場以上！
專長：銷售訓練、溝通表達、領導激勵、心
　　　理催眠、公眾演說、NLP、NAC。

經歷：

- 2015、2016、2017 年連續三年獲評選為「世界華人八大明師」尊銜
- 超越巔峯商學院執行長
- 暢銷書作家，著有《成交就是這麼簡單》&《銷傲江湖》
- 夢想起飛關懷協會代言人
- 今周刊特邀講師
- 2015 年 5 月 2 日與力克・胡哲同台，萬人活動開場嘉賓
- 年代電視台「發現新臺灣」個人專訪
- 經濟日報、工商時報、警廣……等許多廣播及雜誌的專訪

站在巨人肩膀上，上臺演說不困難

　　自 26 年前至 6 年前，臺灣補教界傳奇名師王擎天博士，以其「保證最低 12 級分」的傳奇式數學教學法轟動升大學補教界！同時王擎天博士前後於兩岸創辦並成功經營了共計 19 家文創事業，期間又著書百餘冊，成為兩岸知名暢銷書作家。但最為傳奇的故事仍是王博士 5 年前成立王道增智會投身入成人培訓志業，王道增智會下轄十大組織，其中「擎天商學院」共有 32 堂秘密系列課程，上過此課程的會員均稱受用匪淺、受益良多！尤其對負責行銷的業務人員、創業者與經營事業者均有醍醐灌頂之感，有效幫助他們在事業上的成長，可謂上了這 32 堂秘密系列課程之後，勝過所有商學院事業經營系學分之總合！

　　雖然商學秘密系列內容豐富精彩且實用而深受學員歡迎，然而這 32 堂秘密系列課程是只限王道會員能報名學習的，更令人可惜的是王道增智會僅收五百人。以致於即使佳評如潮，推薦不斷，受惠者也只有王道的五百名會員。因實在是太可惜與可貴了，敝社於是和王博士情商合作，由總編輯親率編輯團隊與攝錄製團隊，花費兩年時間，全程跟拍擎天商學院全部秘密系列課程，出版了整套資訊型產品：包括了書（紙本與電子版）、DVD、CD 等影音圖文全紀錄，以書和 DVD 的形式來嘉惠那些想一窺 32 堂

秘密課程的讀者們，才有了這套書的誕生！

　　同時本祕密系列套書也是王博士送給子女最寶貴的傳家之寶，礙於王博士常年事業繁忙，女兒在美國杜克大學留學，兒子在攻讀研究所，與其子女相聚時間甚少，王博士希望能將自己畢生所學的商業知識及智慧親授給他的子女，更是毫無私心地傾囊相授他的心血經驗，傳承意味濃厚，更願傳予有緣同道者珍藏，一窺其堂奧。

　　第 45 任美國總統唐納 · 川普（Donald Trump）說：「公眾演說能力對於發展品牌來說，是最為重要的！」

　　《富爸爸窮爸爸》作者羅伯特 · 清崎（Robert Kiyosaki）說：「你必須不計一切代價，改善自己的公眾演說能力，因為這是創業成功不可或缺的要件！」

　　前英國首相邱吉爾（Sir Winston Leonard Spencer Churchill）更說：「一個人可以面對多少人說話，代表這個人的人生成就有多大！」

　　成功者不一定有好口才，但是有好口才的人更容易成功，除了能說，更重要的是說得對、說得好，得到的就會是你想要的結果，這就是公眾演說的威力！公眾演說可以幫助你突破內心的恐懼與自卑、提升自信與個人魅力、強化你的說服力、領導力和競爭力，只要你學會在公眾面前說話而毫不畏懼，你的話語力量就會倍增百倍、千倍。

　　一般海內、外的公眾演說課程分為二種形式：一種是注重理論教學，但學員上台還是開不了口；另一種是重實戰，直接請學

員輪流上台說話，最後再由老師點評，所以沒學過、沒上臺經驗的學員還是不會說話！然而王擎天博士是北大TTT（Training the Trainers to Train）的首席認證講師，其主持的公眾演說示範班，理論和實戰並重，教你怎麼開口說，更教你如何上台不怯場，保證上臺演說＆學會銷講絕學，在課程現場示範即刻點評，讓你在短時間就能抓住公眾演說的成交撇步。

這本《公眾演說的秘密》除了有王擎天博士近年出席諸多知名大師的公眾演說課程的點評心得，更收錄了王博士自身多年的銷講實戰經驗所得出的精華，機密指數破表。買了這本書，就等於將王博士生涯的銷售式演說菁華一次囊括，是提供你飆升業績、贏得掌聲與勝利的寶典！

本書能教會你日常生活中的溝通、交際與說服技巧！

本書能教會你在公眾場合開口就能說，並且條理分明，言之有物！

本書能教會你複製並精進世界級大師催眠式的銷講布局！

本書能教會你如何打造個人舞臺魅力和感染力！

本書能教會你掌握充滿力量的演說元素，互動、場控、打開群眾熱情的開關！

本書能教會你在演說中發生任何突發狀況時，也能應變自如！

公眾演說的最高境界要能收人、收心、收魂、收錢。最成功的演說，要能把自己「推銷」出去，把客戶的人、心、魂、錢都「收」進來。

　　本書內容囊括了一場成功演說／銷售式演說所必須達成的要件說明，如果一個人沒打算要讓別人知道他的想法，他就沒有理由說話；然而如果他願意主動與他人分享，背後就一定有其目的，無論是教導、宣傳理念、推銷到轉移焦點都有可能。一場出色的演說，不只是講者將自己的意思表達出來，更需要事前精心規劃的演說策略、內容和流程，既要能流暢地表達出主題思想，更要能符合觀眾的興趣，進而達成講者完成一場成功演說的目標，也就是收人、收心、收魂、收錢！

　　希望王博士的不藏私大解秘，能對有志於銷售與成為講師者有所幫助，完善職業生涯，從平凡走向優秀，實現個人價值，成功把自己行銷出去，為自己創造不斐的身價，讓未來的收入不斷翻倍，成為演講之王！

創見文化出版社

社　　長　蔡靜怡

總編輯　馬加玲　謹識

目錄

Chapter 1 為什麼要學習公眾演說？

Chapter 2 演說之前的準備工作

CONTENTS

應對演說中的突發狀況

Chapter
1

The Secret
Of Public Speaking

為什麼要學習
公眾演說？

一對一與一對多溝通模式的差異

現在已是全民「自媒體」的時代（註：自媒體譯自 self-media：由於部落格、微博、共享協作平臺、社群網路等興起，使得每個人都具有媒體、傳媒的功能），幾乎每一件事情都可以成為廣告，例如：Facebook、LINE、Twitter、微信、E-mail、部落格、O2O 營銷模式（註：O2O 為 Online To Offline 之縮寫，意為「離線商務模式」，指線上營銷、線上購買帶動線下經營和線下消費）上的各種活動，不論是實體還是虛擬，每個動作都在傳播著某種訊息。

而人們的溝通方式不外乎「說話」或「使用文字」，如果採用的是「說話」的方式，試問各位：「一對一的個別溝通」與「一對多的公眾溝通」，何者熟重呢？

👍「一對一」與「一對多」的差異

許多業務人員的銷售方式都是「一對一」的個別溝通，但是他們經常說了半天還是不能成交，等同於白說。然而，如果他們能夠掌握「一對多」的公眾溝通技巧，就更容易產生業績。

一般常見的銷售模式是「一對一」，但是如果你能公眾演

說，就變成了「一對多」。你對一個人說話，你只能影響他一個人；你對一百個人說話，你卻能影響一百個人；你對一千個人說話，你就在影響一千個人。如果你對著一群人演說，最後卻沒有成交，那麼該檢討的就是自己的演說，需要思考是否是產品或服務等有問題，例如：說法不對、產品太過時、包裝不夠吸引人、價格太昂貴等等，導致不能讓觀眾產生興趣，他們不願意買單。

以下為一對一個別溝通與一對多公眾溝通的差別：

	一對一	一對多
產品需求	單一化	多樣化
價格需求	單一化	多樣化
問題需求	依單一客戶的需求	依不同客戶有不同需求
開發客戶	同樣時間少	同樣時間多
花費時間	同樣時間最多成交一件	同樣時間成交多件

一對一與一對多溝通模式的差別

無論你的目的是宣揚理念還是賺大錢，你都得學會「一對多」的溝通，因為「一對多」的效果遠遠大於「一對一」。如果你能克服恐懼，在「一對多」的場合上表現得好，就能成為專業的講師，如果有夠大的舞台，你就有機會成為國際級大師。

思考一下，什麼樣的講師能成為國際級的大師呢？答案是：不一定是講師演說得好，而是因為他「擁有舞台」，所以他能成為國際級的大師。

🗨 學校沒教的公眾演說

史記有云：「一人之辯，重於九鼎之寶；三寸之舌，強於百萬之師。」

古今中外都有一個恆久不變的真理，那就是口才好的人具有影響力。換句話說，想擴大自己的影響力，就得要有好口才，而這個口才一般指的就是「公眾演說」。

然而在我們從小到大的教育過程當中，很可惜地學校並沒有教授「演講」這個科目，除了某些因為口齒伶俐被挑選去參加演講比賽的同學能接受師長的指導之外，一般的學生並不懂得如何站在講台上和觀眾演說，也不明白「敢對眾人說話」這件事對於未來能有多大的益處。

目前社會中學校教育的弊端在於只教授、灌輸當局所謂的「事實」，並以填鴨的考試方式強迫學生記憶，卻不注重橫向、逆向的思考模式與邏輯上的連接。

學校沒教的東西可真是太多了！包括「找出兩件事情的關係」，這正是「創意」的來源。例如：中國電子商務龍頭阿里巴巴（Alibaba Group）的最大股東是日本軟體銀行（Soft Bank）的孫正義，他就非常擅長找出兩件事情的關係。他曾把字典上的字都剪下來，先抽了一張「公雞」，接下來又抽了一張「鐘」，他便會思考要如何將這兩者連接在一起。這種「排列組合」就是一種創意的發想。

在演說中非常好運用的「故事」素材，便是一種「事實的連

接」，也就是將諸事的前因後果連接起來，建構成一個過程完整的故事，有助於觀眾了解，更能夠加深他們的記憶。

此外，學校教導的多是「過去」和「現在」的事，很少教導「未來」的事。舉例來說，一般大學是如何聘請教授的呢？

例如：有一位學者在美國發表了一篇優秀的論文，使他獲得了博士學位，他便能在臺灣的大學裡開設有關他的論文內容的課程，因為他就是該領域的專家。然而，那一門課程的內容卻可能是他兩年前在美國研究的，等到回來臺灣的大學教書時，那一門學問可能已經過了幾年，有了新的變化。現在已是一個變動非常快速的社會，如此現象會造成許多新趨勢，大學不會教，或者是還來不及教，因此學校的課程經常會有很嚴重的時間延遲（time-lag）現象。

就像現今已是勇於展露自我特色的時代，然而在我們的文化、學校的教育中，並不鼓勵與教導學生表達自我。更矛盾的是，當學生從學校畢業、出社會時，如果仍然無法展露自信、讓人信服地表達自我，便非常吃虧，因為在同樣的資歷上，會表達的人顯然地更容易獲得企業的賞識。

以學校活動來說，需要演講的場合其實不少，例如：許多學校早上有朝會，除了宣布重要事項之外，還會有校長、主任或老師的簡單談話，那也是公眾演說。學校以外，還有各種機會，例如：婚禮賀辭、喪禮悼辭，以及建築物落成剪綵等場合，可說是不勝枚舉。

在二十一世紀，每一所學校都應該教授「演講」這門科目，

因為不會演說的人將會被各種機會所淘汰。其實，演講並不太過於依賴天賦，任何人只要有心、有方法，都絕對可以透過學習技巧、演說前的充分準備與反覆的練習，在短時間內發揮不錯的表現。

🔵 銷售式演說＝人脈網絡的力量

如果你的公眾演說是以「銷講」作為主要目的，就會需要更多優質的溝通對象；如果你想在每次的溝通上都累積出一定的信任感，那麼最簡單有效的方法就是：「給」、「給」、「給」。

什麼是「給」、「給」、「給」？例如：給贈品、給折價券、給課程票券、給講義、給PPT檔案等所有你能大方地給卻不用擔心花費太多成本的東西，所謂「資訊型產品」是也！這樣就能讓對方對你產生好感並拉近距離。

當你需要銷售東西時，如果你的人脈網絡很龐大，那麼不需要太擔心，因為客戶即使今天不買，也不代表他明天不會買、不代表他以後不會買，例如：我旗下的王道增智會中，有一位原始會員從事的是裝潢業，當我近年購屋時，便找來這位會員接單裝潢的Case，這也就是人脈網絡的力量。

也就是說，如果你認識的人夠多，人脈夠深、夠廣，那麼只要你調整定價、包裝等產品或服務的相關內容，就很容易成交。例如：房屋仲介業者賣房子，房子是實體的，有市場行情，可能很難降價，但是如果是資訊型產品（例如：CD、DVD、電子書

等）就很容易降價，相對的就比較好銷售。

如果你沒有人脈和平台，要創業做生意必定是步步維艱，目前在臺灣成效最好的組織都是平台式的，例如我主持的「王道增智會」就是一個跨界人脈平台，能給予創業者、企業主、業務人員等強大的支持力量。

關於「公眾演說」的大型課程，王道增智會已圓滿結束2015年9月19日至21日的「公眾演說暨世界級講師培訓班」，以及2016年9月10日至11日的「2016世界級講師培訓班（初階）」。2017年於9月2日與9月3日舉行「公眾演說班」，然後於9／2，9／3，9／9，9／10，9／16，9／17，9／23，9／24舉辦「世界級講師培訓」八日完整授證班，歡迎大家參加。

透過王道增智會課堂上的交流，你就有可能找到投資的股東或者共同創業者，使你的知識、資源、資金的效益更具加乘效果。特別是喜歡結交各界菁英、拓展人脈，或者是有意將自己的理念、產品、作品推廣到中國大陸的人，因為王道增智會擁有超過30個中國大陸各個城市的實友圈組織，包括有6個省市委書記均是會員，能夠有效擴大你的人際關係領域與工作半徑。

也因此我旗下的王道增智會會員們皆可輕易地將產品或服務開展至中國大陸或港澳地區，這也就等於將自己的銷售力道加乘數倍。

當你學會公眾演說，就更容易藉此成為名人，創造出自己加倍的影響力與財富。要擁有對的平台、朋友與貴人並不如一般人所想的那麼困難，問題只在於你有沒有找到「對的社群」。

什麼是公眾演說？

英國前首相邱吉爾（Winston Churchill）曾說：「一個人可以面對多少人說話，就意味著他的成就有多大。」

什麼是「公眾演說」呢？先看「公眾」二字，指的是觀眾是一群人。那麼多少人才能稱為「眾」呢？《史記・周本紀》說：「夫獸三為群，人三為眾……」也就是要有三個或三個以上的人才能稱為「公眾」。

「演說」二字，指的是表達觀點所用的方式。「演」就是「表演」，需要借助肢體語言；「說」就是「說話」，需要借助有聲語言。因此，有聲語言和肢體語言的結合才能稱為「演說」。

所謂的「公眾演說」，指的就是在公眾場合上對公眾發表言論的一種演講形式，也就是同時面對三個或三個以上的人時，利用聲音和肢體動作來表達自己的觀點；與之相對的則是「個別溝通」。

從小到大，每個人應該都有過必須在公開場合說話的時候，例如：幼稚園的說故事比賽、國中課堂的心得發表、高中的辯論比賽、大學的社團活動、踏入職場時的面試、公司會議的主持或報告、公司對外媒體的採訪說明、公司內部的

員工培訓、公司的產品發表會、婚慶壽宴的主持司儀、販售產品或服務的銷售式演說、創業公司募資時的項目路演，甚至面對競爭對手或合作夥伴的談判等都具有公眾演說現實意義上的價值，是難以避免的現實狀況。

面對群眾說話的恐懼

美國幽默作家馬克‧吐溫（Mark Twain）大部分的收入來自於演說，而非寫作，他曾說：「演說家有兩種：會害怕的和說謊的。」

馬克‧吐溫出版著作雖然賺了不少錢，但他不適當的投資讓他賠了很多錢，例如：新的蒸汽機、排字機，以及他的出版社。馬克‧吐溫的著作能陸續完成，必須歸功於他的好友，也就是標準石油公司的經理亨利‧羅傑斯（Henry Huttleston Rogers），他解決了吐溫的財務困難，並為吐溫申請破產，將吐溫著作的版權移交給吐溫的妻子歐莉維雅，免得債權人奪得版權，並在最後羅傑斯替吐溫的債務還錢給債權人。吐溫日後便開始了他的環球演說旅行，將欠羅傑斯的債務都還清了。

對多數人來說，站在講台上說話就像是在身上沒有降落傘的情況下，被強迫從高空的飛機上一躍而下那樣的恐懼。

國外許多研究都做過「人類害怕的事物」的相關調查，例如：《The Book of Lists》雜誌發表了「人類最恐懼的事物」，在三千名受訪的美國人當中所統計的排行榜如下：

No.1. 在群眾面前演說

No.2. 高處

No.3. 昆蟲

No.4. 貧窮

No.5. 深水

No.6. 疾病

No.7. 死亡

No.8. 飛行

No.9. 孤獨

No.10.狗

No.11.駕駛／乘坐汽車

No.12.黑暗

No.13.電梯

No.14.手扶梯

……

我們很容易理解為什麼人們會害怕「高處」、「深水」、「疾病」和「飛行」，因為這些事物可能導致死亡，但是「在群眾面前演說」竟然超越了死亡帶給人們的恐懼，可見，人類有多麼地害怕站到講台上面對觀眾。

其實演說得再差勁，都不會有死亡的危險，然而卻有傳聞前美國總統威廉・哈里森（William Henry Harrison）是因演說而離世的。一八四一年，當威廉・哈里森上任美國總統時，他發表了美國史上最長的就職演說，講稿長達了數萬字，而他演說了將近

兩個小時。

　　然而當天的寒風冷冽，哈里森沒穿大衣就在戶外演說，使他在上任一個月後因感冒併發急性肺炎而病逝，是美國首位在任內病逝的總統，也是美國史上任期最短的總統。

　　哈里森的故事提醒了我們——演說短一些，不然至少穿件外套。

　　此外，前美國總統湯瑪斯・傑弗遜（Thomas Jefferson）非常恐懼公開演說，他多數的重要演說都是以咕噥著帶過，以至於他在任內中止了總統親自演說國情咨文的慣例，取而代之的是將講稿送到國會〔註：國情咨文（State of the Union address）是美國總統每年在眾議院大廳發表的報告，直到湯瑪斯・威爾森（Thomas Woodrow Wilson）任內才恢復由總統親自演說〕，他在總統任內僅進行了兩次公開演說。

　　經過長久的演化過程，生物的本能基本上會認為有幾種情況不利於生存，那就是「沒有武器」、「處於戶外無處躲藏的地域」、「孤立無援」和「站在一大群盯著你看的生物前方」。

　　在歷史經驗當中，生物明白身處在這幾種情況下是非常危險的，因為這表示有極大的可能遭受到攻擊。相對的，當肉食性動物成群結隊出外獵食時，牠們最容易得手的就是那些落單、沒有武器、待在平坦地面幾乎沒有遮蔽的地區（沒錯，就像是講台）的動物。

　　人類的祖先也是倖存下來的生物，因此本能上也會對這些情境產生恐懼。即使臺上的講者表現得非常輕鬆，然而在他上場之

前，他的大腦和身體一定也會多少感受到某種恐懼，只是程度的多寡而已。

然而，如果你能克服恐懼，成為一位出色的演說家，便能在事業、生活上占盡優勢，無往不利。

要成為公眾演說家並不需要什麼祕密武器，也不需要你是個傳教士、政治家、教師等身分才能在群眾面前說話，就算你只是個素人，也只需要習成本書內容便可以自然地站在人前說話而毫不畏懼。

👍 公眾演說與個別溝通的不同技巧

「公眾演說」和「個別溝通」的技巧是不同的，這兩種技巧在每個人平時的生活和工作當中都會使用到。

當你和一、兩個人說話時，需要使用的是「個別溝通」，當多於三個人時，就可以改用「公眾演說」的技巧。也許你很擅長個別溝通，但卻抓不到公眾演說的訣竅，碰到開會、報告、活動等需要面對群眾的場合時，經常不曉得該如何準備、如何表現。但是你並不是沒有專業，也並不是口才不好，然而卻總是因為不知如何著手而無法有優秀的表現。

一般來說，擅長個別溝通的人不一定擅長公眾演說，但是擅長公眾演說的人通常也擅長於個別溝通。因為個別溝通針對的是個人的差異，而公眾演說針對的是群體，也可以套用在人數較少的場合。

在個別溝通和公眾演說上，我們要練習做到：

1. **因地制宜**：能巧妙應對各種人
2. **巧用稱讚**：能依據對方特質選擇不同的稱讚語
3. **男女有別**：性別不同，溝通方法不同
4. **找對話題**：興趣不同，話題不同
5. **因人制宜**：地位不同，態度不同
6. **年齡有別**：年齡不同，說法不同

能與人個別溝通，來自於對「人」的瞭解，我們每天都有和人接觸的機會，經驗一多了，就會越來越瞭解如何溝通。然而群眾的反應卻來自於我們對「人性」的了解，我們要在瞭解個人差異的基礎上，不斷地整理、歸納與實踐，掌握在個人差異之下的人性規律。這個過程不容易，必須經過許多實場經驗，才可能逐漸摸索出正確的方向。也就是說，**成功的公眾演說＝大量的實戰經驗＋從失敗中修正的經驗。**

然而，大量的實戰經驗對一般人來說是不容易的，因為多數人通常不太有進行公眾演說的機會。而且，當有公眾演說的機會時，通常就已經是很重要的場合了，例如：公司內部的會議報告、販售產品或服務的銷售式演說、創業者的項目募資路演等，在這種場合失敗的代價是很大的，因為可能沒有下一次的機會了。

也因為多數人的生活中並不常有需要公眾演說的時刻，導致了人們對演說能力的普遍缺乏，反之，具備公眾演說能力的人受到的注目程度能因此提升到最高，使得個人影響力與魅力加倍，

這也是個人收入產生良性循環與惡性循環的關鍵。

👍 個別溝通時的十大話題技巧

有許多人在和人聊天、溝通時，經常會遇到不知道該說什麼的時候，如果你經常會落入這種沉默的尷尬當中，建議你可以參考以下話題來拓展聊天範圍：

1. 電視上的最新話題，例如：最新的手機型號功能、目前當紅的電影、戲劇等。

2. 氣候，例如：「聽說下禮拜二有寒流」、「除夕時天氣會開始回暖」等。

3. 興趣，例如：「我昨天去花市買了幾盆花來種」、「我最近沒什麼時間去游泳」等。

4. 最近的新聞，例如：「聽說現在的學校……」、「某某官員說……」等。

5. 生活瑣事，例如：「最近我兒子吵著要買……」、「新買的○○，結果買貴了……」等。

6. 美食，例如：「我家樓下的披薩店每次都大排長龍」、「昨晚做了一道菜，後來……」等。

7. 旅行經驗，例如：「以前去南投時就是要去看○○的！」、「去泰國玩一定要去○○！」等。

8. 偶像、八卦，例如：「那個行銷部的○○好像要結婚了」、「沒想到○○團體要解散了」等。

9. 各類冷知識（註：「冷知識」指的是無價值、瑣碎、龐雜的事情或知識等，可能饒富趣味，並且隨時充斥在人們的生活周遭，卻鮮為人注意），例如：「你知道嗎？鍵盤上的細菌比廁所裡的細菌還多……」等。

10. 鄉下老家，例如：「我小時候住在……那裡有……」、「我爺爺家在……」等。

當你不知道要說什麼的時候，就可以運用上述這些話題來聊天。但是，這幾個「必殺級」的話題並不是要讓你拿來唱十五分鐘的獨角戲用的。

你可以參考以下的溝通方式：

「您好，初次見面，請多指教！」

當你面對初次見面的人時，對方多少也會有些緊張，所以當你報上名之後，為了化解緊張的氣氛，先聊聊天氣（或氣候）的話題吧。例如：「今天天氣真好！」、「天氣又變暖和了！」當然，這表示你必須在出門前先確認過氣象報告。

聊完天氣之後，便可以接到：「我早上出門前都會看氣象預報，然後看新聞，那個○○好像又失言了耶！」你可以加入一些電視節目上的最新話題。

記住，說話時一定要會「轉折」，一定要會「穿插話題」，當你聊過這兩個話題之後，應大致可以掌握到對方的「情緒」，甚至是「性格」，進而調整自己應對的方式。如果對方擅長溝通或者是很愛說話，此時大概已經將發言權搶走，開始大聊起他自

己的看法了。

人可以分成「視覺型」、「聽覺型」、「感覺型」、「觸覺型」四種，你需要觀察對方是哪種類型，因為面對不同的人要有不同的作法。

當對方是個愛說話的人時，你就得「傾聽」，因為對愛說話的人來說，你的「傾聽」也是一種「口才」，讓他說個暢快，而你盡責地「傾聽」。所謂的「好口才」有各式各樣的方式，卻少有一成不變的。

如果對方是較有戒心或者怕生、容易緊張的人，他可能就會答非所問或者是毫無回應。在演說場合上，一個厲害的評審不會只看臺上的講者，更會看臺下觀眾的反應如何，因此講者與觀眾的「互動」非常重要。

所以，如果對方對最初開啟的兩個話題（天氣與電視最新話題）都沒有反應時，你就得改變談話的內容。

當面對到的是不愛說話的類型時，上述「從電視到鄉下老家」的十個話題，你就得全部都改成疑問句，目的就是要「讓對方開口回答」。也就是說，這十個話題不再只是為了彼此的「破冰」，而是要想方設法地讓對方開口說話。

如果對方是女性，你甚至可以針對衣服、飾品、包包等「可能興趣」來發問。例如：「這個包包很好看，顏色很漂亮，在哪裡買的呢？（記得補上提問）我妹妹也很喜歡這種類型的。」只要眼睛看得到的外在事物，都可以拿來作為聊天時的話題。

當你到客戶家登門拜訪時，也要注意他玄關的擺設狀態，因

為那些物品之所以被置放在玄關，就表示主人希望訪客能注意到。

你可以從生活中的各種明示、暗示找到對方的興趣所在，接著只要輕鬆地提問，等待對方的回答即可。

記住，找話題閒聊的重點並不是要我們自顧自的說個不停，而是要「設法讓對方開口說話」，這才是我們的最終目的。如果對方是少話的類型，甚至完全不想說話，你就得想盡辦法讓他開口說話。

順帶一提，多數人說話時通常都會有口頭禪，例如，我因出身於補教業，便習慣在語尾加上：「懂嗎？」二字，這其實有一點兒失禮，因為就像把對方當成學生一樣。

如果要改善口頭禪的問題，你可以將自己說話的樣子錄下來，觀看自己的影片去找出問題點，千萬不要不好意思看自己演說的畫面，因為那能幫助你改善不足之處，當然你也可以請他人觀看影片之後，提供建議給你。

線上直播也是一種公眾演說

「線上直播」已是現在非常普遍的網路工具之一，許多網路平臺都具有線上直播功能，讓使用者能和網路上的人分享自己所在現場播放的實況影片。直播影片是生動、活潑的，它能讓其他觀看的使用者產生如臨現場的感覺，其中以Facebook的直播最為知名和成功。

Facebook於二〇一六年將「線上直播」提供作為一個新的內容功能，想與傳統影音的族群做出市場區隔，因此除了提一般使用者能與朋友即時分享實況之外，明星、名人、運動員或者各大品牌的粉絲團也能在手機上進行點選，透過直播和粉絲互動。

　　「線上直播」與智慧型手機連線，在任何時間、地點都可以分享你想直播的內容。和一般影片不同的是，直播影片會產生瞬間流量，同時顯示在Facebook資訊牆的最上方，因此被看到的機會更高。同時，粉絲團專頁的所有粉絲都會收到直播的通知，又會吸引粉絲點進影片觀看。因此，如何利用直播技巧來行銷自己或品牌也是一門公眾演說的學問。

　　推廣個人的直播與推廣品牌的直播有所不同，素人隨性與不做作的直播影片能讓觀眾覺得親切並產生好感，然而在品牌的直播上則應該進行更詳盡的規劃，並非一樣能隨性拿起手機就直接開始直播，因為品牌除了要能吸引粉絲、與粉絲做良好的互動之外，更要能利用直播的優勢為品牌帶來實際的效益，也就是帶出銷售量才是。

Speech 03　為什麼觀眾必須聽你演說？

當你準備開始演講時，首先必須做到「讓觀眾對你產生好感」與「和觀眾建立起信任關係」。「信任關係」指的是觀眾認為你有資格來演講這個主題。

解答觀眾內心的疑問

一般來說，坐在臺下的觀眾通常在看到講者之後，會立即產生以下的疑問：

1.「你是誰？」或者「雖然我知道你是誰……」

2.「我為什麼得坐在這裡聽你說話？」

3.「聽你演說，對我有什麼好處？」

4.「我能相信你嗎？你要怎麼說服我相信你？」

5.「希望我不會到最後才發現聽你演說是浪費時間的？」

例如：我的演說主題是談論網路行銷學，所以必須先讓人相信我可以掌握這個主題，因此要先與觀眾建立起誠信關係。「信任」可以來自你的資歷、職位、社會地位，也可以來自你的個人經驗和上課時獲得的知識，觀眾需要確認你有資格站在這裡主講。

31

你也可以在演說剛開始的五分鐘內就回答觀眾這些問題，你可以預先準備一個提供了所有答案的自我介紹。或者是你可以將準備好的個人資歷預先交給臺上的主持人，讓他介紹你出場。

例如，我曾經受邀至許多機構演說，便可以這樣自信地介紹自己：我創辦的公司有哪些、我寫過多少本書、這些書的銷售成績如何、我曾獲頒的榮譽獎狀有哪些、曾一起合作過的名人有哪些、這場演說有多難能可貴、我在這裡是為了教導與為各位解惑、除非你選擇無視，否則就必須解決問題、為什麼別人願意付費聽我演說、你將能從演說中得到的是……

再加上一些能建立我的誠信的事實、見證等等，這些資訊就能使觀眾對我產生正面的印象與具有權威的信任感，也就不須我再費力證明自己的實力了。

Speech 04 公眾演說打開個人知名度與影響力

俗話說：「酒香不怕巷子深」，意思是酒如果釀得好，就算店開在很深的小巷子裡，也會有人聞香而前來品嚐。

然而時代在變遷，在資訊爆炸的社會裡，我們已不能再消極地等待偶然的過客來發現我們的酒香，然後再接著等待漫長口耳相傳的過程。因為美酒就是人才，即使是「千里馬」，也需要完美包裝、自我推銷，才能贏得伯樂的賞識。

用最省錢的方式替自己打廣告

現代社會競爭激烈，人才濟濟，想在社會上取得一席之地或找到一份穩定的工作，就得讓別人先瞭解你。在求職的面試中，被人瞭解的途徑就是言談舉止，一個沉默寡言的人不會因說錯話而喪失機會，卻會因為沒有說話而喪失更多的機會。

舉例來說，教育界裡有多少的老師學富五車、才高八斗，卻因為不擅言辭而使學生在課堂上昏昏欲睡，教學評鑑被打了低分；職場上有多少的員工明明好點子一籮筐，專業技能掌握得比別人嫻熟，卻因為不擅言辭而始終不能一展身手，無法得到重用。

你也許會想：「我只是個學生、我只是個普通的上班族、我

只是個家庭主婦、我已經是公司的老闆，這種事交給員工就好……我並不想當講師，為什麼我要學習公眾演說呢？」沒錯，你的天賦不一定在演說上，你不一定要成為講師、演說家，也不一定經常需要有在舞台上說話的機會。

但是，演說作為語言特有的表達形式，不僅是一種強而有力的溝通手段，包含了豐富的資訊，能宣傳你的思想，展現個人魅力，拓展廣大的人際關係，在生活、社會中發揮重要作用。講者不僅能透過演說讓觀眾理解和接受自己的觀點和主張，更能號召觀眾採取一致的行動。

開口說話，就是為自己「打廣告」。我們經常看到許多不善於說話的人會遇到的尷尬情況，他們的話語總是無法準確地表達出自己的意圖，讓聽者感到難以理解，更談不上產生共鳴，接受他的意見。如此經常造成溝通上的各種困難，影響工作，甚至生活，同時自己也深受其擾。

成功者不一定有好口才，但是有好口才的人更容易成功，除了能說，更要能說得對、說得好，得到的就會是你想要的結果，這就是公眾演說的威力所在。

公眾演說可以幫助你突破內心的恐懼與自卑，提升自信與個人魅力，強化你的說服力、領導力和競爭力，只要你學會在公眾面前說話而毫不畏懼，你的話語力量就能倍增百倍。

有時候演說不只是一門說話的學問，更多時候它可以發揮你的個人魅力，為你贏得掌聲與勝利。前美國總統歐巴馬（Barack Obama）就是一個經典案例，當年歐巴馬在開始競選的時候並不

是特別占上風，是演說能力為他加分，在競選過程中，連歐巴馬的夫人蜜雪兒（Michelle Obama）也開始藉由公眾演說幫助他造勢。

如何吸引更多的媒體、到不同地方發表公眾演說，不斷地宣傳自己的執政理念以持續拉選票，這就是美國總統競選成敗的關鍵。

二〇〇四年還沒沒無聞的歐巴馬正在競選聯邦參議員，當時他被派任發表民主黨黨綱和政策的「基調演講」（Keynote Address），他親自擬了一篇主題為《無謂的希望》的講稿。

在演說中他提出消除黨派分歧和種族分歧，實現「一個美國」的夢想。由於他的演說慷慨激昂，使歐巴馬如一匹迅速竄紅的政壇黑馬，成為全美知名的政界人物。

歐巴馬非常善於演講，雄辯的口才、燦爛的笑容，比明星更有光環，他從基層一路走到白宮，他極具個人魅力的演說俘獲了眾多美國人的心，成為美國矚目的政治明星，也為他日後能入主白宮奠定了堅實的基礎。

後來，他傳奇性地當選美國總統，成為美國史上第一位的非洲裔黑人總統。

出色的演說為歐巴馬贏得了眾多的掌聲，也為他贏得了眾多的支持者，讓他以絕對的優勢成為了美國第四十四任總統。

歐巴馬的演說風格流暢恢宏，字字擲地有聲、句句催人奮進，他能激發年輕選民的熱情，他穿透力十足的嗓音，使他每一場演說都能緊緊抓住群眾的心。

古今中外，歷史上從不乏能言善辯之士，從蘇格拉底（Socrates）、馬丁・路德・金恩（Martin Luther King, Jr.）到歐巴馬，他們成功的演說能夠左右千人、萬人的情緒。好的演說能將觀眾帶入講者的世界，讓觀眾隨著演說的內容忽喜、忽悲，或於會心處捧腹大笑，或於動情處潸然淚下。

在中國央視《贏在中國》的節目評委裡，最出色的就屬馬雲，馬雲用他的三寸不爛之舌收服了無數電視機前的觀眾，不只替自己免費做了形象推廣廣告。日後再次利用資源，將點評彙集寫成了一本《馬雲點評創業》，在賺了稿費的同時，也為自己累積了人氣，提升了個人魅力，這些演說對於馬雲的影響力有極大的正面提升。

事實上，現代社會中那些在股東大會、電視採訪等公開場合遊刃有餘地侃侃而談的企業家，比起那些躲避聚光燈的人來說，更容易成功。

就像馬雲並非等到自己成功之後才開始到處演說、「大放厥詞」地發表一些自己獨特的看法。在他的創業過程中，他的嘴巴就從來沒有停過，總是利用諸多的場合來傳播與推銷自己，在成功地宣傳自己的同時，也為累積了人氣，強化了極大的個人魅力，這也是他擴大影響力的重要關鍵。

這就是公眾演說的威力，演說就是宣傳、行銷，是擴大品牌知名度和影響力的最有效方式，特別是當你在創業初期，沒有太多的成本去曝光、作廣告時，公眾演說就會是一個很實用的方式。

Speech 05 演說推開財富無盡之門

美國前國務卿丹尼爾・韋伯斯特（Daniel Webster）曾說：「如果有一天，神祕莫測的天意將奪走我的全部天賦和能力，我會毫不猶豫地要求祂留下口才——有了它，我不久便能擁有一切財富。」

好口才不只能幫助你推開財富之門，還能有效解除危機。來看看這個故事：

有一位畫家以擅長畫牡丹而聞名海、內外，在他旅居海外期間，一位美國國會議員慕名買了一幅牡丹畫，回去之後便很高興地掛在家裡的客廳裡。

後來，議員的一位華人朋友來訪，看到畫之後卻大呼不吉利，因為這幅牡丹並沒有畫完整，而是缺了一部分。牡丹代表著富貴，缺了一角，用中國話來說，豈不是「富貴不全」嗎？

議員聽了朋友的說明之後大吃一驚，認為牡丹缺了一邊是對他的不尊敬，便要求畫家向他道歉，並賠償損失。

這位畫家靈機一動，告訴這位議員：「既然牡丹代表富貴，缺了一邊，在中文來看，不正是代表『富貴無邊』嗎？」如此一解釋，這位議員又高高興興地把畫捧回去了。

試想，如果這位畫家沒有好口才，那麼他豈不是要賠償議員的金錢損失，他的名譽更會因此受到嚴重影響。畫家巧妙的回答使雙方皆大歡喜，巧妙地解決了這場危機。

👍 以演說籌錢、賺錢是新趨勢

一般人之所以不重視口才，其實是因為他並沒有看到好口才所能帶來的財富效應，因而將口才看成「嘴皮子」工夫，認為「會說話」對生活並沒有什麼實質性的影響。

然而事實果真如此嗎？時代已經改變，現在靠演說「籌錢」（企業募資）、「賺錢」（銷售式演說）的人越來越多了。

例如：前美國總統柯林頓（William Jefferson Clinton）在退出政壇之後，便開始四處演說的生活。二〇〇五年，柯林頓受邀至中國深圳，在一個多小時的演說中，柯林頓輕輕鬆鬆便賺得二十五萬美元入袋。據美國媒體的估算，近幾年，柯林頓僅僅靠著演說，每年就可入帳約兩千萬美元。

很多人會謙虛地說：「我還沒有什麼成功的作品和經歷……不好意思上臺演說……」沒錯，但就是你還沒有知名度，才更要勇敢上臺宣傳你自己和你的團隊、公司、產品和服務！

當你有上臺的機會時，就代表這是一個對公眾曝光自己、介紹自己、推薦自己的絕佳時機，無論臺下的觀眾有多少、無論他們有沒有反應、無論是不是有演說的報酬、無論有著各種理由，你都應該抓住機會盡全力地宣傳自己和團隊、公司、產品和服

務。

「阿里巴巴」創辦人馬雲用演說募資的案例更是不可不知：

馬雲在開創電子商務平臺「阿里巴巴」帝國之前，只是一名普通不過的英文老師。一九九九年初，馬雲創辦了「阿里巴巴」，然而如何讓「阿里巴巴」獲得客戶的認可，是他面臨到的第一個難題。

為了打開「阿里巴巴」的知名度，馬雲到各個大學去演說、到電子商務網路會議和論壇上宣傳他的「B2B」模式（註：B2B，Business To Business，也稱「公司對公司」，指的是企業間透過電子商務的方式進行交易。相對於B2C的銷售方式是「企業對顧客」，Business To Customer。）。

貌不驚人的他卻有著極具煽動力的口才和出色的商業頭腦，這讓馬雲和阿里巴巴有了極大的曝光和知名度。

很快地，風險投資VC從天而降，在一次的面談中，馬雲僅僅說了六分鐘，就從日本軟體銀行創辦人孫正義手中獲得了兩千萬美元的風險投資。

你不能不說公眾演說的效果非常好，當講者站在講台上，用音樂、影像、文字等搭配他充滿感情的語調時，觀眾便很容易「入戲」，認同講者所傳達的理念。

就像臺灣的選舉造勢場合總要讓候選人在臺上做一番激勵、感動人心的演說，甚至出現聲淚俱下的催票橋段，加上現場的氛圍，很容易讓觀眾感染到講者的情緒，進而成為他的信徒。

笨嘴拙舌，會使人到處碰壁；口吐珠璣，能讓你左右逢源。

公眾演說運用在外，就是為你自己、你的團隊和公司、產品和服務宣傳，更可以協助對外的危機公關處理，以及一對多的銷售；公眾演說運用在內，可以協助公司內部做教育訓練、會議的召開以及激勵團隊士氣。

柯林頓和馬雲的成功告訴我們：「好口才可以帶來實實在在的財富。」或許你一輩子也做不到像柯林頓、馬雲那樣擁有名人光環的加持，輕易地透過「說話」就能賺錢，然而如果你想成為成功人士，就一定別輕易地讓財富從「嘴裡」溜走。

多數人對於上臺說話都會產生強烈的排斥感，因為不知道該說什麼話，也怕說錯話，即使勉強自己上臺說幾句，也會因為過於緊張而腦袋空白，導致沉默，或者只能不斷地結巴、逼迫自己說下去，因此表達的資訊不精確也不完整，甚至連雙手、雙腳的動作都開始不協調了。

但是，就算說話是你的罩門，你也必須克服，不求完美，只求更好。因為只有出色的公眾演說能力，才能讓你的事業越發一飛沖天，順利打開人脈與財富之路。

股神巴菲特（Warren Buffett）曾在自傳《雪球》（Snowball）中提到：「事實上，我一直刻意避免在眾人面前站起來說話。你無法想像每次發表演說時我有多緊張，我害怕到一句話也說不出口，甚至會想吐。」沒人會想到，每年都在波克夏公司（Berkshire Hathaway）股東大會上面對數萬名股東的巴菲特，竟然也曾如此害怕公眾演說。

因此，當年巴菲特在研究所畢業、準備投入職場時，他知道

自己將來必定得在公開場合上對眾人說話，便報名了卡內基訓練課程（Dale Carnegie Training）。他說：「我去上課，不是為了讓自己演說時不發抖，而是為了讓自己在發抖時依然能夠演說。」

巴菲特尚且如此，無論你是哪一種職務、身分，都該培養自己公眾演說的能力，在這個年代，千萬不要再相信「沉默是金」了，沉默只會「失金」，因為沉默只會讓你與財富、機遇徹底絕緣。

美國人權律師布萊恩‧史帝文森（Bryan Stevenson）於二〇一二年TED年度大會對一千名觀眾演說。當演說結束時，聽眾起立鼓掌的時間創下TED的新紀錄，他的演說在網路上點閱率接近兩百萬人次。

史帝文森分享有關美國司法某些令人難受的事實，他用大規模的種族不平等待遇做為開場，敘述有三分之一的美國黑人在他們人生中的某些時候曾坐過牢。將隱藏在美國歷史中的種族問題，進行坦白且深具說服力的討論。

史帝文森在十八分鐘內完全吸引了聽眾的注意，抓住聽眾的靈魂。此次的演說非常有效，當天出席者總共捐了一百萬美元給史帝文森成立的非盈利機構「公平正義組織」。也就是史帝文森每演說一分鐘，其價值就超過五萬五千美元。

史帝文森的演說沒有PPT、沒有圖表、也沒有道具，只用口頭敘述就大大感動了觀眾。

你可能沒有天生的好口才，不用擔心，事實上很多人也都沒

演說之前的
準備工作

如何克服演說恐懼？

當遇到需要（被迫）上臺說話的時候，多數人的反應通常會是：「一定要上臺嗎？……好緊張，可以不要嗎？……」

在公眾演說之前，講者最重要的準備工作之一，就是「克服內心的恐懼」。講者要能表現出專業與自信，要能毫無畏懼地上臺，落落大方地為觀眾進行一場精彩、有收穫的演說，這是觀眾對講者普遍抱有的期待。

美國人際關係學大師戴爾·卡內基（Dale Carnegie）畢生從事演說教學事業，在他分享自己的經驗時，曾說：「我一生都在致力於協助人們克服恐懼、增強勇氣和信心。」

許多人害怕當眾說話的原因，多半是害怕上臺之後忘詞、「出洋相」，這種恐懼心理就是「怯場」。就連馬克·吐溫也說：「每次演說的時候，我都覺得自己的嘴裡塞滿了棉花，有點不知所云。」即使是經驗豐富的演說家，在走上講台、面對眾多觀眾時，也免不了感到一陣緊張，更不用說一般人了。

在職場中，逐步晉升的管理階層會發現，領導的口才和表達的技巧越來越重要。就像一國的領導人不可能躲在幕後工作，當你需要站在員工面前、站在群眾面前時，就必須發

出自己的聲音、說出自己的意見,這是職責所在。

當你感到內心惶恐不已,甚至身體已經開始微微顫抖時,不妨運用以下技巧來協助你的演說表現得更自然、完美:

👍 上臺之前,想像自己發揮到極致

據說NBA洛杉磯湖人隊(Los Angeles Lakers)的教練菲爾‧傑克森(Philip Douglas Jackson)在每一場比賽之前,都要在家做最少四十五分鐘的臨場想像。並且,他常讓運動員作心理訓練,讓他們不斷地想像自己的體能發揮到極致的感覺。

當面對即將上臺的緊張、無助時,你可以進行積極的自我激勵、自我催眠,給大腦和內心良性的自我暗示,例如:「我準備充足,絕對沒問題!」、「我一定能帶給大家一場極有收穫的演說!」、「不習慣只是剛開始,我馬上就能進入狀況!」並想像演說正在進行,你就像平常一樣地正常發揮,自然地上臺、行禮、自我介紹……並運用手勢增強演說的感染力,接著微笑走下舞台,臺下響起了雷鳴般的掌聲。

當我們與認識的人說話時,每個人都能聊上幾句,一旦得上臺演說,面對廣大的群眾時,差別就明顯不同。例如:

面對親朋好友時,談吐自然;面對眾多的陌生人,特別是有上司、老闆或者專家在場時,就言辭閃爍,非常緊張,害怕說不好、說錯話。

在場地、觀眾的秩序良好時,可以表現得很好;在場地與觀

眾出現狀況，例如：音響、麥克風設備出問題，觀眾反應不佳時，會自亂陣腳，無法順利完成自己預先規劃好的演說。

當你能運用積極的心理暗示，為自己打氣、找回自信時，此時大腦就會活躍起來，產生意想不到的力量。當實際上臺演說的時候，就會致力於「完成想像」，完成你上臺前的「內心彩排」。當演說結束的時候，你會發現臺下觀眾的掌聲真的不絕於耳。

👍 唯一祕訣：練習，練習，再練習

在電影《王者之聲：宣戰時刻》（The King's Speech）中，內容敘述的是現任英國女王伊莉莎白二世（Elizabeth II，Elizabeth Alexandra Mary）的父親——喬治六世國王（George VI，Albert Frederick Arthur George）治療口吃的故事，電影根據英國真實歷史故事改編而成。

喬治從小就患有嚴重的口吃，其後因為兄長愛德華不負責任的退位，不得不加冕登基，是為喬治六世。當時曾與妻子尋找澳洲語言治療師萊諾·羅格（Lionel Logue）協助治療口吃，然而在過程中卻一度與羅格因爭執而決裂。

後來，當喬治六世在家無意中聽到羅格替他的練習狀況錄音的音檔，發現自己終於第一次能流暢地說話了，便屈尊前去請羅格為他繼續治療。臨走時，喬治六世說：「我下周來找你。」羅格回道：「不，我每天都要見你。」

　　為了能順利發表國家的各種演說，喬治六世經歷了非常艱辛的語言訓練過程，使他的口吃大為好轉，也與羅格成為了好友。在電影的最後結局，喬治六世向當時二次大戰中的英國人發表著名的戰時演說，其聲調鏗鏘有力、富含感情，強烈鼓舞了英國全國軍民的士氣。

　　「大量的練習」是一場成功演說的必經之路，其實經常有許多演說能力很好的講者，會給人一種「假象」，那就是為了保持權威感而刻意不提自己練習時的辛苦過程，這會讓觀眾誤以為講者的演說能力是天生的。

　　其實，從一國的領導人到路邊的小販，他們若能滔滔不絕地說話且言之有物，這都是練習的結果。至於引人入勝、打動人心的演說，更需要專業的訓練與長時間的練習。當然也有天生口才好的人才，但那絕對僅是非常少數的魅力型演說者，並不是每個人都能掌握臨場發揮的效果。

　　蘋果創辦人賈伯斯（Steven Paul Jobs）總是率領著團隊演練上百個小時，才能完美地演出一場讓全球觀眾熬夜等待的產品發表會；前Google、微軟、蘋果副總裁李開復也曾發文分享演說經驗，他表示：「為了成為出色的演說家，我要求自己每個月演說兩次，而且事先不排練三次以上絕不上台。並且每次都要我的同學或朋友去旁聽，給我意見。每個月我還去聽名家演說，向優秀的演說家求教。」

　　多數人通常都會將講稿背得滾瓜爛熟，就是為了在腦袋空白的時候也能本能反應似地流暢說下去。思考一下，在上臺之前，

你得練習幾次才能將講稿完全內化到成為自己的一部分呢？

👍 觀眾是朋友，就像和朋友聊天

語言治療師萊諾·羅格也曾在喬治六世於聖誕節演說時，站在室內的麥克風前面，對他說：「排除一切雜念，說給我聽，說給我這個朋友聽……」

公眾演說的緊張來自於缺乏信心，來自於不知是否能順利達成演說任務與效果的擔憂。你很可能在演說的前一天非常緊張，特別是觀眾很多的時候，但事實上沒有任何人知道你那麼緊張，因為他們是來聽你分享內容的。

你必須將緊張、擔憂化為助力，而非阻力。你可以告訴自己「適度的緊張能讓我表現得更好！」、「臺下會有觀眾喜歡我、支持我！」例如：在公司會議報告時可能就是你的同事、主管；在外面演說時就是你的團隊、親朋好友、粉絲等等，無論你的表現是好是壞，他們必定給予你最大的支持和掌聲。

在演說之前，你可以思考你的內容將會對觀眾產生什麼好處？在每次演說之前自問這個問題，從觀眾的角度來思考，和他們互動，表現得就像你和朋友相處地那般自然，慢慢的，你就會減少焦慮而專心關注演說的內容。

當你開始緊張時，可以看看臺下那些較友善的觀眾們的目光，那可以使你感到溫暖與放鬆。你更可以替自己鼓掌，因為你擁有這個機會，並且願意鼓起勇氣克服內心的恐懼上臺。

別過度在意失誤

當然，在演說過程中難免會出現預期外的失誤，許多人在當下會念念不忘那一個「不應該的」、「令人難堪的」失誤而心不在焉，使得後段的表現也受到影響，因此「無視失誤」是講者非常需要練習的心理調適技巧。

就像歌手如果不小心忘詞、運動選手一直想著最初發生的失誤，那麼很容易接下來的歌詞就唱錯了、下一球又失誤了。

如果你真的一時腦袋空白、忘詞了，你可以大方承認，因為觀眾如果看著你在臺上不知如何是好，他們也會覺得尷尬，並且希望演說能夠順利進行下去。

也就是說，無論臺上發生了什麼狀況，例如：麥克風沒電、說錯了講稿的前後段落、投影片無法播映、音響器材出問題，當下的關鍵就是告訴自己「狀況已經發生了，但是還好，並不嚴重，只要現在專心在後續的表現，一樣是很棒的演說！」

演說家少有天生，幾乎所有的講者在正式登臺之前都會需要進行一些心理建設，沒有誰一上講台就能和觀眾侃侃而談，完全不會怯場、出錯的。然而即使你出錯了，沒有人會一輩子記得那個錯誤，你可以微笑著帶過即可。

當我們面對登臺之前的緊張時，只要將演說內容的準備工作做好、做滿，讓自己平靜下來，確保自己能在平常心的狀態下演說，多給自己積極的心理暗示，就可能完成一場成功的演講。

一場好演說的關鍵

要創造出一場好演說需要符合許多標準，所謂「好的演說」其實就是「用自己的話，替別人的想法或說法下自己的註解」。讓觀眾很明確地知道「你要做什麼」，比「你是誰」更重要，進而再解釋「為什麼是你，而不是別人」。

演說表現得差的原因通常是「內容乏善可陳」，也就是講者肚子裡的墨水少，以及「表達能力不好」，講者的言語和肢體語言無法讓觀眾理解他所要傳達的事物。例如：說話繞圈子，說不到重點、無視他人感受，不管順序輕重一股腦兒地全說出來、說話沒有自信、照本宣科唸講稿等等。

在職場上，有些人想巴結上司，在彙報工作時便會滔滔不絕、事無巨細地統統上報，殊不知這樣的說法反而使人更厭煩；有些人在管理下屬時，為了顯得自己有水準，說起話來總喜歡穿插英語或者專業術語，自以為高人一等，但其實對方已聽得不耐煩。演說也是如此，並非一味地賣弄文采或吹牛就可讓觀眾信服你。

要成為演說高手，需要有深厚的文化、知識、經歷或專業等作為後盾，有品質良好的講稿之後，就需要講者的勤加練習並內化，才能讓演說更完美。

好演說的三大基本要素

一場好演說通常會有三大基本要素：

一、不完美的主角

例如：幾乎所有的書和演說都會有一個吸引人的主題，那就是主角小時候相當地貧窮或者一生充滿了挫折、不順遂。

二、目標要夠偉大

例如：主角的目標是成為光宗耀祖的臺灣首富。故事要讓觀眾能融入，產生和講者一起努力的奮鬥心。

三、不放棄的堅持

要具備「不放棄」的元素，因為屢敗屢戰才能產生憾動人心的力量。

前英國首相邱吉爾（Sir Winston Leonard Spencer Churchill）於劍橋大學的一次畢業典禮上發表了史上最短也最為知名的一場演說：

會場上有上萬個學生等待著邱吉爾的出現，邱吉爾在隨從陪同之下走進了會場，緩慢地走向講台。他脫下外衣交給隨從，又摘下了帽子，他默默注視著所有的觀眾。過了一分鐘後，他說：

「first, never give up！」（第一點，永不放棄！）

「second, never never give up！」（第二點，永不，永不放

棄！）

「third, never never never give up！」（第三點，永不，永不，永不放棄！）

說完這三句話，邱吉爾便緩緩地穿上大衣、戴上帽子，離開了會場。

整個會場頓時鴉雀無聲，一分鐘後，當所有人反應過來是怎麼回事時，全場爆發出許久不息的掌聲。

邱吉爾用他一生的成功經驗告訴人們：第一個祕訣是堅持到底，永不放棄；第二個祕訣是當你想放棄的時候，回過頭來看看第一個祕訣。

💬 讓演說更精采、更有張力

當你想追求表現得更精彩的演說時，可以補足以下幾點：

◎ 內容：意義非「三小」，意義極有意義！

雖然電影《艋舺》的知名臺詞說：「意義是三小？我只聽過義氣，沒聽過意義啦！」

然而「意義」的確是極有意義的，特別是你的演說要讓觀眾覺得有意義，所謂的意義就是要具備：「唯一」（only one）、「第一」（number one）或者「最快」（fast one）的內容。

那麼該如何做到「唯一」、「第一」或者「最快」呢？答案就是：把市場區隔得更小。當你的定位縮小範圍時，你就會是

「小市場」的唯一、第一、或者最快的那一個。

意義：解說「Why」

「意義」還必須要觸碰到「Why」的核心，例如：多數老闆都會要員工直接去執行公司的要求，而我的作法是花較多的時間告訴員工做這件事的意義是什麼，如此他們就不會出了會議室的門之後仍然不明所以或者是在內心抱怨。

整個演說的過程必須由「WHY」串起，因為「WHY」才能「收魂」，「收魂」才能「收一輩子的錢」。如果你做的是銷售式演說，你收到了第一次銷講的錢，卻收不到第二次，那麼一樣沒有幫助，因為這並不存在著終身價值，也就不會有所謂的被動收入。

加入動人情節，了解觀眾感受

講者需要在演說裡加入調味料，也就是動人的情節、故事，並要試著轉換立場，了解觀眾在過程中會感受到什麼樣的情緒，以此為根據調整內容。

此外，當你能有上臺說話的機會時，請盡量說好的事情，少說壞的事情，因為敘述他人的壞事容易有被告的可能，例如：被告毀謗或者是公然侮辱。

好演說的關鍵一：避免嚴肅的主題或死板的內容

⬤ 「幽默」是最吸引人的調味料

如果能在演說中加入適當的幽默感，你的內容會更容易被觀眾接受。那麼要如何加入有趣的內容呢？你可以平日就多蒐集各方趣聞，並設法將生活中有趣的片段轉化為笑料，詳盡說明可見本書第五章。

⬤ 多使用比喻法和類比法

可以試著使用比喻法和類比法。好的「浮誇」方式（特別是「演」、「說」中的「演」）往往能產生喜劇性效果，能吸引觀眾的注意力。

⬤ 避免嘲笑別人，「自嘲」才能優化氣氛

我們當然可以說一些比較負面、嘲笑的話，但是重點在於「不能嘲笑別人」。如果一定要批評，也要記得轉個彎，用一段故事來反諷，例如：楚國大夫宋玉的《風賦》就是如此。

宋玉是誰？他是屈原的「同事」，因為屈原和宋玉同是戰國時代楚國的大夫，但是屈原比較「笨」，「笨」在他直諫楚王，因此被貶官，最終走上投河自盡的命運。宋玉就比較聰明，所以不但能自保，還能升官！

例如宋玉和楚王說了一個《風賦》的故事，宋玉說：「風啊，有兩種，一種是好的風，一種是壞的風，好的風會吹到好人，帶來好的結果，壞的風會吹到壞人，帶來壞的結果。」其實他是在反諷楚王很不幸地被壞的風吹到，導致國家發生不好的狀況，因此要趕快引入好的風，讓國家恢復繁榮。其深層的意思就是委婉地向楚王表示「反正都是別人的問題，不是你楚王的問題，但是該改的地方還是要導正為宜。」，這就是轉個彎罵人。你若真的要罵人，也得轉個彎。

好演說的關鍵二：別讓觀眾有「默背講稿」的感覺

加入感情與肢體語言

當你演說時，要用感情輔以肢體語言來和觀眾對話，你的臉部表情可以誇張，但是肢體語言則不宜太過浮誇，否則容易分散觀眾的注意力。

注意音調的抑揚頓挫

注意演說時音調的抑揚頓挫，可以讓你更強調重點。觀眾能吸收多少內容，往往由講者說話速度的快慢與用詞的難易程度來決定；觀眾關注講者的程度則是由他們對講者的感覺來決定。例如上次美國總統大選：希拉蕊用了很多高中以上大學程度的詞

彙，而川普演講時的用詞99％為初中甚至小學生的程度即可聽懂，結果獲勝的是川普！

塑造出與朋友聊天的感覺

好的演說要讓人感覺講者自然而真誠，請塑造出一種與朋友聊天的感覺。若能讓觀眾感到放鬆並且毫無防備，你就有可能完成世界上最難的兩件事，也就是「把你的思想放到觀眾的腦袋中」，然後「把客戶的錢放入自己的口袋中」。

好演說的關鍵三：適當的停頓

對於口才不好的人，或者因為「口才太好」以至於常說廢話、說錯話的人來說，「停頓」是非常好的思考武器，同時沉默往往能使聽者警覺而回神，注意聽講者接下來會說些什麼。

「停頓」能夠激發觀眾的好奇心，適時的沉默也有助於加強演說中故事的戲劇效果，尤其是當你強調了重點或者說了笑話之後，一定要停頓，如此能讓觀眾更牢牢記住你的重點，或者是笑得更大聲、更久一些。

好演說的關鍵四：說故事更具人性、更有說服力

舉例來說，當你在做銷售式演說時，如果只是一再地強調自

己的產品或服務有多好、多有效果，還不如給顧客一個真實案例的故事，更能打動他。

你可以說自己的、別人的、品牌的故事，在過去經驗中，我在中國大陸各地的演說，最受歡迎的往往是歷史故事。所有的故事都需要經過自我消化，參透其中的涵義，含章內化之後，對外才能清楚地行文若水。

天下所有問題的解決之道就是「換位思考」，說故事的角度如果能換位思考，效果將會加倍，並且「對比」要足夠強烈，故事才會更精彩！

好演說的關鍵五：用熱情感染觀眾、點燃世界

那些能夠激勵人心的經典演說，講者的特色都是對於自己的演說內容感受強烈並且充滿熱情，他們打從心底認為自己的想法一定對觀眾或對世界有大益，因而急切地想與大家分享。

當然，熱情不限於言語，有人說出來、有人寫出來、有人唱出來、也有人舞出來……

找到熱情

如果你對一件事的想法是「有的話很好，沒有也無所謂」，那麼這件事一定不是你的熱情之所在。反之，如果你很願意去做

一件在責任與義務之外的事情，熱情很可能就出現了。也就是說，轉折點就在於「有沒有什麼事情讓你感覺非做不可？不做會終身遺憾？」

許多人都曾詢問：遠近馳名二十年的「擎天數學」，主講人王擎天博士為什麼不再教數學了？

我的回答是因為我發現自己已經喪失了熱情，每一年改變的只是學生的不同，但是我所講授的課程內容卻都是一樣的，就像賺錢的殭屍一樣，教課可以賺錢，但是內心卻已經喪失熱情。

後來，當我轉換跑道到成人培訓上，我便研發了擎天商學院的三十二堂課，每堂課的主題都不同，因此我得花非常多的時間去準備課程內容與出書，我發現這可以讓我充滿熱情。

只要靜下心來，問問自己內心深處的渴望是什麼？就可以聽到來自心海的回應。但是千萬不要因為內心的回應與你原本的想法不符，就馬上否決了來自心海的聲音。

如果你做一件事情，總是覺得不太對、很無聊，對這件事情毫無興趣，那麼就應該盡快停止；如果你老是魂牽夢縈著一件事情，覺得不去做實在是一個遺憾，那麼那就是你的熱情之所在，得趕快去做。如果你抱持著這種心態去執行，最後一定能有所成就。

熱情，非常重要，要做你有熱情的事，但是不要以賺錢為目的作為熱情，而是將賺錢作為附加價值，這就是首富之所以能成為首富的祕密。

好演說的關鍵六：新奇的見解、不同的角度，抓得住觀眾

在演說內容中，最好的亮點、賣點其實就是「新鮮感」。只要換個角度表達，往往就可以讓舊聞、舊事變得新奇而讓人印象深刻。新見解與新角度往往依靠的是「聯想力」，而訓練聯想力最好的方法便是「心智圖法」（Mind Map）。

「心智圖法」又稱為心智地圖、樹狀圖等，是由英國的心理學家東尼‧博贊（Tony Buzan）於一九七〇年代提出的一種思考輔助工具。

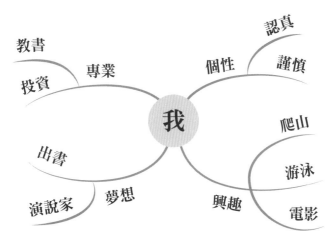

「我」的心智圖

如上所示，心智圖是透過在平面上的一個主題出發，畫出相關聯的事物，像一個心臟及其周邊的血管圖，故稱為心智圖。由於這種表現方式比單純的文字更接近人們思考時的空間性想像，因此越來越為人使用於創造性思維過程當中。

畫一張心智圖需要哪些技巧？以下說明心智圖的分解步驟：

步驟一：準備一張橫放的紙（最好是A4或以上的尺寸）和至少三種顏色的筆。顏色可以幫助記憶和想像，所以最好依據不同類別主題給你的感受，搭配不同的線條顏色。例如：特別重要的就可以使用紅色線條。

步驟二：將要整理發想的議題或主題，寫或畫在紙張中間。

步驟三：依順時鐘方向，將從中央主題聯想出的「關鍵字」，寫在拉出的線條上。一條線只能寫一個關鍵字。這能讓思考圍繞著中央關鍵字，不偏離主題。

若主題是「我」，就可以將基本，分成「個性」、「興趣」「夢想」、「專業」等四個關鍵字。

步驟四：從各個關鍵字開始聯想，將線條向外以放射狀延伸，並繼續寫下第二層、第三層的關鍵字，依序分層、分類，你的閱讀和思考就會更有邏輯。

越接近中心主題圖像的關鍵字越抽象，越往後越具體。關鍵字應以一個名詞或一個動詞為主，因為這兩種詞性最容易視覺化與掌握關鍵概念，除非必要才會加上形容詞和副詞。

最後檢視全圖時，就能對事物全貌有客觀的思考，不至偏重或遺漏某個項目。

🗨 好演說的關鍵七：有情境畫面，觀眾才會有感覺

在演說中，任何複雜的內容都可以用故事與畫面表現；任何高深的理論，都可以用圖像和數字簡化。你的畫面描述要能感同身受，讓觀眾有身歷其境之感。

TED（註：為technology, entertainment, design在英語中的縮寫，即技術、娛樂、設計，為美國一家私有非營利機構，該機構以它組織的「TED大會」著稱）最受歡迎的演說幾乎都是充滿真實感的想像力描述，例如：臺灣知名作家蔣勳充滿感情地朗頌他的現代詩《願》（影片網址：https://www.youtube.com/watch?v=6i7RcP39NB0）

讓觀眾產生感受的往往是非語言的力量，也唯有讓觀眾能有所感受，他們才能記住內容，才有可能接受你要傳達的思維。

「六識」（註：佛教術語，為六種感官認知的功能，是「眼識」、「耳識」、「鼻識」、「舌識」、「身識」及「意識」六者的合稱）能讓你的演說內容更加立體化。

因一個好的演說在於，講者有沒有吸引到觀眾的「眼睛」、「耳朵」、「鼻子」、「舌頭」、「身體」與「意念」。什麼是意念？就是「魂」，佛家說「輪迴」，輪迴的就是人的「意」或「識」，可以合稱「意識」，意思是只有「意識」在輪迴，而非「肉身」。

也就是說，如果你想要感動人，不要只是讓觀眾眼睛看、用

耳朵聽而已，而是要把觀眾的「魂」勾出來。你可以運用以下技巧：

頂真法或首句重複法都能創造異境

單字頂真（針）

舉例：「抽刀斷水水更流，舉杯消愁愁更愁。（註：出自李白《宣州謝朓樓餞別校叔云》）」其中的「水水」和「愁愁」就是單字的頂真。

單詞頂真

舉例：「綿綿思遠道，遠道不可思；忽覺在他鄉，他鄉各異縣。（註：出自《飲馬長城窟行》）」其中的「遠道」和「他鄉」就是單詞的頂真。

整句頂真

舉例：「吾人擁有最真實的存在——只要我們有根／只要我們有根／縱然沒有一片葉子遮身／仍舊是一株頂天立地的樹。」（註：出自蓉子《只要我們有根》）

其中的「只要我們有根」和「只要我們有根」就是整句的頂真。

頂真是非常棒的修辭法，在演說的時候要盡量地運用，它並非只是不斷地重複一句話，而是如以上的不同用法。

這是一個演說技巧，能有效地將觀眾的注意力拉回來。

首句重複法

也可以使用「首句重複法」，舉例：

「真相，人民都希望不受拘束……

真相，可以質疑怠惰的姑息主義和冷漠。

真相，告訴我們什麼可行、什麼不可行。

真相，若能被傾聽並關注……

真相，是當今唯一能讓我們放聲吟唱的……」（出自：U2成名曲）

「真相，就是沒有真相！」這也是吸引觀眾注意力的修辭法。

好演說的關鍵八：讓觀眾留下驚嘆號

一場演講是否成功，可視數年後觀眾們是否還記得這場演說來作為指標。觀眾一般會隨著時間久遠而逐漸淡忘演說內容，但卻有可能永遠忘不了演說中的一個震憾片段。

如果是銷售式演說，意思等同於「成交不在一時」，日後都有機會。因為如果沒有人記得你的演說，日後也不再有機會了。

那麼，什麼能讓觀眾永遠忘不了呢？

例如：善用道具、突顯創意、設計人心、吊足胃口、不合常理、結局出人意料、讓觀眾不斷地問為什麼……可能都是答案

喔！

👍 演說務必要好的開始，好的結束

當講者演說結束，要離開講台之前，應向觀眾點頭示意或稍鞠一躬，然後面帶微笑地退場。

退回座位時不要過於激動、匆忙，不要洋洋得意，也不要過度羞怯。如果掌聲許久不息，講者應該再次上臺表示謝意。

演說結束後，講者也可以由主持人陪同先行退場，此時如果觀眾出於禮貌起身熱情鼓掌，講者也要熱情回報或鼓掌，或揮手致意，直到走出會場。

Speech 08 銷售式演說的故事方程式

「演說」就是「又演」、「又說」，是一種表「演」，也是「說」服，也是「用說的文案」，本質上就是溝通。而好的溝通就是一種魔法，擁有這種魔法，就能絕對成交！

在演說中，一個好的故事不只是講者「會說故事」，也同時是講者對相關主題素材的熟悉度已能在大腦中理解、翻轉之後，自然地用新的故事線調度出來。當素材內化得夠深，故事才會自然地出現，而自然的故事才精彩。

一場好的演說是有公式可以遵循的，只要了解公式並多加練習技巧，任何人都能成為一位優秀的演說家。透過專業訓練，就算一個素人真的完全沒有上臺演說的經驗，也能學會優秀的演說家是如何表達言語、肢體動作、眼神以及帶動現場氣氛的技巧。

銷售式演說的故事方程式

「事件」

首先，敘述你親身經歷的一件事，可以是「我的成就」、

「一個真情流露的事件」、「我最氣憤的一件事」、「我最難忘的一件事」等等，也可以是一種「自我介紹」，你要想定一個主題、事件（故事）作為主題，然後依照以下順序向觀眾演說：

「我準備和觀眾分享的事件（故事）是什麼？」

「我為什麼選擇這一個事件（故事）？」

「我準備用哪一句話開始敘述這個事件（故事）？」

「要求」

根據你的事件，你要求觀眾做什麼？（不超過十個字）

想著：「根據我的這個經驗，我想要觀眾做什麼？」

「益處」

根據你的事例，觀眾按照你的要求去做，會有什麼好處？（不超過八個字）

想著：「如果觀眾按照我的話去做，他們會有什麼好處？（結語）」

也就是當你站到講台上，心裡有一個目的希望觀眾怎麼做，這件事要很簡短，別超過十個字。接著，請告訴觀眾如果照著做，會得到什麼好處，這個好處別超過八個字。

所謂的不超過「十個字」、「八個字」並不是重點，關鍵在於「很簡短」，不能太冗長地說明，這就是銷售式演說的祕訣。但是在這之前你必須要說一個你經歷過的故事。

請記住，站上舞台的重點就是「說故事」，這個故事一定和

講者的目的、個人有關係，因為任何人賣東西之前，都先要把自己賣出去，先把自己賣出去之後，才能賣你真的想賣的東西。

舉例來說，你是否曾聽過某個人的演說之後，過了幾年，你可能還記得講者的長相和說話風格，但是內容卻忘光了？不過你肯定會記得他說過的一、兩個故事。因此故事非常重要，在學會公眾演說之前，一定得先學會說故事。

要能在說完故事之後，說出你的要求，如果觀眾按照你的要求去做，他能獲得什麼好處？這些都必須要在很簡短的字數內說明完成，例如：照著我的要求做的好處是「可以賺大錢」、「可以找到另一半」等等。

👍 關於如何聊聊自己的故事

每個人都是宇宙中最獨一無二的，所以講者一定要說自己的故事，因為自己的故事不會有別人和你的內容一模一樣，自然就不會重複與產生衝突點。

臺下的觀眾在聽你演說之後，也會感受到你是那麼地……（各種敘述）。例如：他們可能會覺得你很努力在經營人生、或者你有那樣的遭遇令人動容、或者你是那麼勇敢和不畏艱難地活出自我等等……對你產生正面的評價。

那麼要從哪裡說起自己的故事呢？你可以參考以下的範例，思考並寫下你的「生命之最」。

請你試著回想自己出生至今的人生故事，你可以在人生故事

中，帶入你的生命之最，例如：

最令你驕傲的事是＿＿＿＿＿＿＿＿＿＿＿＿＿＿＿＿＿＿＿＿＿

最令你刻苦銘心的事是＿＿＿＿＿＿＿＿＿＿＿＿＿＿＿＿＿＿＿

最令你傷心的事是＿＿＿＿＿＿＿＿＿＿＿＿＿＿＿＿＿＿＿＿＿

最令你難忘的事是＿＿＿＿＿＿＿＿＿＿＿＿＿＿＿＿＿＿＿＿＿

最令你高興的事是＿＿＿＿＿＿＿＿＿＿＿＿＿＿＿＿＿＿＿＿＿

最令你瘋狂的事是＿＿＿＿＿＿＿＿＿＿＿＿＿＿＿＿＿＿＿＿＿

最令你感動的事是＿＿＿＿＿＿＿＿＿＿＿＿＿＿＿＿＿＿＿＿＿

最令你丟臉的事是＿＿＿＿＿＿＿＿＿＿＿＿＿＿＿＿＿＿＿＿＿

最令你亢奮的事是＿＿＿＿＿＿＿＿＿＿＿＿＿＿＿＿＿＿＿＿＿

令你改變最大的事是＿＿＿＿＿＿＿＿＿＿＿＿＿＿＿＿＿＿＿＿

最令你覺得成功的事是＿＿＿＿＿＿＿＿＿＿＿＿＿＿＿＿＿＿＿

◆你學到了哪些最有價值的事？

從婚姻中學到＿＿＿＿＿＿＿＿＿＿＿＿＿＿＿＿＿＿＿＿＿＿＿

從家庭教育中學到＿＿＿＿＿＿＿＿＿＿＿＿＿＿＿＿＿＿＿＿＿

從就職的公司中學到＿＿＿＿＿＿＿＿＿＿＿＿＿＿＿＿＿＿＿＿

從主管或老闆身上學到＿＿＿＿＿＿＿＿＿＿＿＿＿＿＿＿＿＿＿

從與別人的合作中學到＿＿＿＿＿＿＿＿＿＿＿＿＿＿＿＿＿＿＿

從銷售經驗中學到＿＿＿＿＿＿＿＿＿＿＿＿＿＿＿＿＿＿＿＿＿

從投資經驗中學到＿＿＿＿＿＿＿＿＿＿＿＿＿＿＿＿＿＿＿＿＿

從追求目標的過程中學到＿＿＿＿＿＿＿＿＿＿＿＿＿＿＿＿＿＿

從他人的成功經驗中學到＿＿＿＿＿＿＿＿＿＿＿＿＿＿＿＿＿＿

在某地方學以致用後學到＿＿＿＿＿＿＿＿＿＿＿＿＿＿＿＿＿＿

從上課經驗中學到＿＿＿＿＿＿＿＿＿＿＿＿＿＿＿＿＿

從選擇的行業中學到＿＿＿＿＿＿＿＿＿＿＿＿＿＿＿＿

從挫折或失敗中學到＿＿＿＿＿＿＿＿＿＿＿＿＿＿＿＿

在你的故事中，必須要有「前後對比」、要有「人生波折」，這能讓你的故事更有溫度。例如：「我從小家境富裕，後來父親經商失敗，最讓我傷心的是母親的離開，經過了十幾年的努力，家裡終於脫離了貧窮。最讓我感動的是弟妹如今都已陸續成家……從這些年的挫折當中，我感受最深的是『永不放棄』與『天助自助者』。」

好故事與爛故事的差別在於「情境的描繪」

好故事與爛故事的差別是什麼？在於是否描繪出情境、是否讓人有身歷其境的感覺，有情境的描繪、讓人能產生畫面的就是一個好故事，如果說了半天觀眾仍不明白你要說的重點是什麼、或者沒有任何反應，那就是一個爛故事。

什麼是爛故事？舉例來說：

「某天我和父親吵了一架，然後就離家出走，卻無處可去，只好在公園睡了一晚。」

將同一個故事修改成好故事：

「記得那天，我與父親吵架之後，不顧家人的反對離家出走，其實我無處可去，夜深了，我只好到公園夜宿一晚。

沒想到半夜有流氓向我勒索並威脅，幾經波折，雖平安無事，但心情卻墜入深淵，我真是後悔莫及啊！」

再加一段會更好：

「平安回家之後，父親對我說：『人都會有歧念、誤失，回來就好，回來就好，我們永遠關懷你也接納你。』回家的感覺真好。」

👍 如何讓觀眾留下深刻印象？

記住，講者要在第一時間（通常是一分鐘內）讓觀眾對自己留下良好、深刻的印象，因此肢體語言和態度比言語更重要。

言語在銷售式演說時，主要用來描繪當客戶擁有商品或服務之後的美好時光，千萬別成為一個產品解說員，要將自己當作幸福人生的解決方案提供者。

◎ 善用 7・38・55 法則

在演說中廣為人知的「7・38・55法則」，意思是指「文字有7%的影響力」、「語氣與表情卻有38%的力量」、「肢體動作占了影響力的55%」。

「7・38・55法則」其實是從「印象派」出發，什麼是「印象派」呢？就是你的長相、動作如何、有什麼特徵等等，觀眾都會記得，但是內容卻可能被遺忘。因此講者要在第一時間（通常是一分鐘內）就要讓觀眾留下深刻的印象。

如果你要做生意，得先讓人記得你，如果只是交換名片，過了幾個月，對方可能還是不記得你。就像我經常接了電話，卻不

曉得對方是誰，但是對方都會認為我知道他是誰。如果要避免這種情況，就要從肢體動作、語氣與表情上做足功夫，因為肢體語言與態度比言語更重要，要突顯自己的特色。

重要的資訊早點說

舉例，以下有兩段話的內容幾乎一樣，但是如果將重要的資訊放在前面先說，就能產生不同的感覺。

原先的內容為：「**各位觀眾，大家好，今天要介紹一件新產品。這臺平板電腦搭載四核心處理器，有十四吋大螢幕，重量卻很輕，只有三百公克。我們的市占率今年達到70%，比去年提升了20%，證明消費者看見我們的努力了！感謝各位前來聆聽，請繼續支持我們，謝謝。**」

調整順序後的內容為：「**各位觀眾，大家好，今天要公布一個好消息。我們的市占率今年達到70%，比去年提升了20%，證明消費者看見我們的努力了！那麼今天要介紹一件新產品，這臺平板電腦和筆記本一樣輕！卻搭載四核心處理器和十四吋大螢幕。感謝各位前來聆聽，請繼續支持我們，謝謝。**」

在銷售心理學上，調整後的內容比原先的內容要好。也就是不需要一定要先哪一段、再接上哪一段，所有的演說內容其實都可以分成一段、一段的，再去研究如何排列。

也就是內容的重點與層次須分明，你可以試著將一篇層次分明的講稿打亂，並針對重要程度進行隨意調動。通常在一開始就聽到重要資訊的觀眾會較清楚此次演說所要傳達的重點為何，在

理解能力上也較高，並會相信講者是具有專業且可以信任的人。

如何找出觀眾（潛在顧客）的問題、需求和渴望？

當我們進行銷售式演說時，得要找出顧客的問題、需求和渴望（Problem、Demand、Desire），也就是「換位思考」。在行銷學上的說明為「買方的語言」，我們不能總是站在賣方的立場上說著「賣方的語言」。

你可以使用「提問」來找出觀眾的問題和需求，可以提供「好處」來引發他們的興趣和渴望，也可以利用神祕感讓他們感到好奇，或者是將產品或服務做「限量」、「限時」處理，這也是一種提高渴望的方法。

如何解除觀眾（潛在顧客）的抗拒？

你演說的內容就是你將要提供的解決方案，而解決方案就是「你要輸入的觀念」加上「故事」。一個觀念裡要有二至三個故事來支撐，因此大約一個小時說五個觀念，也就是十個故事。絕對不要談你的產品或服務，要談的是「解決方案」，也就是你想要人家花錢購買的原因，使用後可解決的痛點或帶來的好處。

你可以舉出兩個例子，一個是自己，另一個是某個名人。你的現在要比過去好，並要比別人好，要讓觀眾認識你和你的故

事。

　　你要特別強調不行動的「壞處」，以及去行動的「好處」，要設法解決觀眾不行動的理由，例如：太貴了、不需要、沒錢等等，要不斷地塑造出產品或服務的價值，使觀眾覺得物超所值，幫助他們解決不行動的理由。

　　在過程中，要盡可能地對觀眾發問，如此除了能拉回觀眾的注意力之外，也能讓他們思考自己內心的真正想法。

👍 銷售式演說就是一種魔法

　　記住，能幫助客戶改變的就是一種「魔法」，銷售式演說的魔法是分等級的，且魔法只會對有需求的人有價值。講者可以針對觀眾支付能力的不同，給予不同等級的魔法。如果可能，魔法要經過體驗，才能被觀眾相信。經過淬鍊之後的魔法，信任感於焉而生，真正的魔法可成就信仰，如同賈伯斯之於「果粉」。

　　針對支付能力的不同，給予不同等級的魔法，意思是要注意目標對象的支付能力。舉例來說，豪宅會不會突然變成貧民窟？不會，因為豪宅就是豪宅。這也是我一直強調所謂資訊型產品的好處，如果一個資訊型產品在臺灣以六萬八千元（臺幣）販售，到了中國大陸，還是以六萬八千元（人民幣）販售，同樣的產品，價格卻漲了五倍，為什麼呢？這就是「支付能力的不同」。因為資訊型產品可以任意定價，甚至零元（免費贈送）都很好。當然如果是免費贈送的，一定是因為你有某種目的。

大部分進行銷售式演說的人會犯的錯誤是，他找的對象都是「有興趣」的。這個錯誤是什麼呢？錯誤在於要找的是「有能力」的人，而不是「有興趣」的人。特別是在銷售中、高價產品的時候，事實上多數業務人員賣得都是中、高價位的產品，因為中、高價位才有利潤，如果你銷售一個產品五十元、一百元，那是沒什麼利潤的，那麼就可以找有興趣的人。但是如果你要銷售豪宅，對豪宅有興趣的人通常很多，但是有能力的人卻很少，所以你得更要找對目標對象，否則就浪費唇舌了。

銷講的目的就是賣東西，你要找的目標對象是有能力的人，而不是有興趣的人，你的任務是「讓有能力的人產生興趣」，你就成交了！因為你並不能讓有興趣的人產生能力去購買，每個人都是一個力量微薄的個體，你找來一堆窮人，你能不能讓他們變有錢來買你的產品？不能，但是你卻可以找來一堆有錢人，你能不能讓他們對你的產品產生興趣？有可能。

重點在於你如何做價值訴求、價值主張，因此無論是任何的課程、產品或服務，都要具有一定的價值。如果一個課程是一般人都可以參加的，那就會來很多有興趣卻沒有能力的人，最後使你不能產生實際的收益。

在銷售式演說中建立信賴感

你是否有聽過「網路上的金庫」＝「名單」＋「信賴感」呢？在銷售式演說中，為了達成最後的目的：成交，與觀眾建立信任感是非常重要的階段。建立信賴感的順序如下：

1. 向觀眾「問好」

2. 「感謝」觀眾前來

3. 「讚美」觀眾（或現場的領導人）

4. 「介紹」自己的名字，要以好記的方式說明

5. 發揮一點小「幽默」

6. 以問答或小遊戲等方式「互動」

7. 再來一次「自我介紹」

——現在的我（我的現在是你們將來想要的）

——過去的我（我的以前跟你們的現在很相像）

——自從……之後（你要成為你要賣的產品或服務的結果）

——從中有什麼樣的啟發

其中，感謝和讚美最重要，你必須感謝臺下的觀眾犧牲自己的時間來這裡聽你演說，並務實地讚美他們。

Speech 09 銷售式演說的流程

　　我曾經花了不少金錢學習公眾演說，除了一般的上臺說話技巧，還有以銷售為目的的演說能力，也就是所謂的「銷售式演說」。

　　如果把銷售式演說的功夫練成，就能賺進無盡的財富。因為一對一的銷售就像爬樓梯，而一對多的銷售就像坐飛機，一對多的銷售能倍增績效，節省相當多的時間成本，能讓你的目標快速完成。簡單來說，只要有一群目標客戶，給你一支麥克風，給你幾個小時，你就可能成為富翁。

　　或許你會覺得很困難，但是當你克服了上臺的恐懼，掌握了銷售式演說的概念和流程，剩下的就是不斷地進行實戰演練了。記住，不上臺永遠是觀眾，只有上臺才能讓你更加出眾。

　　下圖為銷售式演說的流程，請務必掌握好訣竅點。

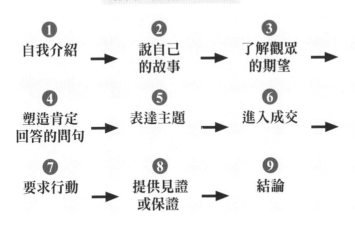

銷售式演說的流程

自我介紹

一般來說，在演說的最初，觀眾的注意力較集中，並且好奇心強、對講者的期待較高，在這個黃金點表現良好是相當重要的。在講者上臺之後，觀眾的內心隨之而來便會產生以下的疑問，你要能在簡短的時間內說明自己的答案為何。例如：

問題一：「你是誰？你有什麼成就、本事、績效？」

回覆：「說明你的資歷，你真的做到哪些事情或達成哪些成就，並提出證明。」

問題二：「我為什麼要聽你說？」

回覆：「說明你將會改變什麼，使他獲得什麼。」

問題三：「你說的內容對我有什麼好處？」

回覆：「說明如果他照著你的內容實行能獲得的好處。」

問題四：「你如何證明你說的是真的？」

回覆：「提出各種證據，例如：見證或者獲獎紀錄。」

問題五：「為什麼聽你說是我正確的選擇？」

回覆：「說明你的特殊優勢，例如：誠信、專業、熱心等等。」

一開始的自我介紹最好能解決觀眾對你產生的疑問，並且開門見山，把主要內容、主要觀點、基本要求和大致事由，用簡練的話語告訴大家。

一定要捨棄一般的自我介紹，因為那會讓人感受到「與我何干？」要一上臺就引起觀眾的興趣。而最容易引起觀眾興趣的，就是提出解決痛苦的方案，來吸引大家的目光。

例如，一上臺就問觀眾：「你牙齒痛嗎？」在一百個人當中，可能有二十個人產生有興趣的反應，其中只有兩個人正在為牙痛所苦，其他十八個人可能曾經為牙痛所苦。而沒反應的觀眾不要緊，因為我們要找的就是精準的客戶。

演說的講者可能是一位牙醫師，或者是某個專門治療牙齒問題的藥廠代表。對有牙痛問題的觀眾來說，他就可以自我介紹，說明自己專門解決牙痛問題。

銷講的精神在於，一開始就要提出解決痛苦的方案或是帶來快樂的方案，等觀眾產生興趣之後，你再介紹自己是誰也可以，

如此他們就能夠把你和你的痛苦或快樂的方案連結在一起，日後如果想到這個痛苦或快樂，就會想起你，因為做生意是長久的。

當然，手法要新穎，要以不凡的開頭達到一鳴驚人的效果。無論你要銷售的是什麼，都必須先釐清以上問題。

👍 說自己的故事

此階段請說出自己特別的經歷或記錄，真感情就是好文章，你必須從自己的生命歷練中找到題材。用說故事的方式溝通，除了故事所擁有的魅力之外，更重要的是說故事比直接溝通、說出自己的想法更容易讓他人接受。或者，你可以創造一個未來的目標或紀錄，描繪自己未來的願景，因為有願景才能吸引人。

一般人的自我介紹會非常相似，說出自己的名字、來自哪裡、那裡有什麼特色、特產，最後歡迎大家來玩。每個人都只給出了名字，因此很難分辨出王小明和張小惠有什麼不同，但是如果你用「我今年最後悔的一件事」來介紹自己，將你想告訴觀眾的內容表現出來，這時候講者就變成了有情感、有思考、有溫度的人，讓更多人對他的故事充滿興趣。

如果你想讓觀眾想像出超出他目前現實能力以外的事實，一樣要利用故事，故事能使他在廣闊的世界裡遨遊，使他保持高度的興趣，以致認為故事是真實的、可行的。

可以的話，在經驗當中修正自我介紹和故事到無懈可擊。切記，在演說中盡量不要說「正確的廢話」、「漂亮的空話」、

「違心的假話」和「設計好的套話」，請盡量說「真心的話」、「自己的話」、「實在的話」和「獨特的話」。

👍 了解觀眾的期望

孫子兵法談「知己知彼，百戰百勝」，也就是了解自己，了解你的對象，了解觀眾的期望與要求，告訴觀眾你的期望與要求，並達成彼此的期望，就可以百戰百勝。例如：「我希望能幫助『你們』，做『某件事情』，可以讓你們得到『某種結果』」：

你們：目標族群

某件事情：可以是學習、課程、購買產品或服務等

某種結果：可以是健康、財富、目標族群想要的結果等

👍 塑造肯定回答的問句

什麼是「絕對成交」？關鍵就在於「溝通」。什麼是「溝通」？就是引導你的客戶一步步地說「yes」。

你需要不斷地提出讓觀眾會回答：「對」、「是」、「沒錯」的問題，例如：「你曾經也經歷過和我一樣的痛苦嗎？」你就是他們的代言人，提出那些能激發觀眾渴望的問句，問句的精彩度決定觀眾的期望與注意力，提出那些觀眾必定會回答「你想聽的答案」的問題。

🗨 表達主題

當進入主題時，首先要提出一個具吸引力的主題，可從報章雜誌的封面標題上學習。在表達時提出其中的重點和相關的故事案例。描述時，可利用眼、耳、鼻、舌、身、意，也就是「六識」來描述，會更生動。

最吸引觀眾的是故事、紀錄和績效，並且要是「好聽」的內容。你的故事若能結合解決方案就很棒：可說明多數人犯的錯誤是什麼，講述過往糟透了的事，因為自己做了什麼，才能達到現在的成功與圓滿，要持續不斷地修改、更新資訊。重點在塑造出主題的「好處」和「價值」。

表達主題的方式有很多，最簡單的就是「列舉」，你可以「以時間為主」，列出過去、現在、未來；「以順序為主」，列出第一、第二、第三；「以地區為主」列出東、西、南、北；「從小到大」，列出個人、家庭、國家、世界；「由近到遠」，列出短程、中程、長程；「由低到高」，列出底層、中間、頂端；「以比較為主」，列出富裕v.s.貧窮等，或者是製作流程圖、心智圖等圖表，明確地說明你要表達的概念，讓層次更分明、易懂。

🗨 進入成交

進入成交階段時，講者需要塑造出主題的好處和價值，提出

「接受我的建議，會有哪些好處」、「不接受我的建議，會有哪些損失、痛苦」，並說明許多人都是用這個方法解決痛苦的。

你可以先提出對方可能會有的痛苦點，將觀眾可能會有的困擾、毛病等提出來詢問，例如：「你有掉髮的困擾嗎？」、「你有失眠的問題嗎？」等，能吸引觀眾的注意力，再提出一個能解決問題的產品或服務。接著再介紹一次自己的名字，說明自己的專業是什麼。

👍 要求行動

講者需要不斷地強調「追求快樂」（光明面：行動後的好處）與「解決痛苦」（黑暗面：不行動的壞處），重複再重複，以加重觀眾的感受。

舉例來說，我銷售「王道增智會」的會員名額，而演說現場的多數人已經是會員，因此我的目標就是非會員的人。銷售式演說的重點在於一定要準備「刷卡單」，因為沒有人會帶太多的現金在身上，如果觀眾滿意你的產品或服務，就可以立刻進行填寫刷卡單的程序。並且，刷卡單並非只有刷卡功能，也可以留下個人資料。此外，刷卡單並不是拿一臺機器當場刷，所以對觀眾來說，留下資料比較沒有壓力。

當觀眾填寫刷卡單的時候，可能會有各種狀況需要協助解決，例如：他需要分期付款，每個月分期付款兩千元、五千元等，講者才會有一個「收單」的結果。不然辛苦銷講了半天，最

後要觀眾掏出三萬元，但是他可能並沒有那麼多錢，收單的效果便不好，因此你必須協助他們留下資料。

有許多人會說：「我想銷售產品或服務，但是我（或我的公司）沒有刷卡單，怎麼辦呢？」這就是他需要成為王道增智會會員的原因之一。當你成為會員之後，缺什麼資源都可以詢問我，我的刷卡單可以借會員使用，但是我一毛錢也不會賺，當然所有的刷卡都一定得開發票，即使客戶不要也不行，否則就違法了。

當公司一開發票，公司就付了5％的稅，刷卡公司與銀行則至少扣2％的手續費。但是當任何公司開出發票之後，年底還有營利事業所得稅得繳，所以「刷卡費用」加「營業稅」加「營利事業所得稅」，公司負擔了所有的稅務，這也是王道會員擁有的頂級服務之一。

提供見證或保證

在此階段，講者可以提出強而有力的「自己的見證」或是「他人的使用者見證」，此時可以重複客戶必須行動、必須購買的理由。「他人的見證」最好能錄影、寫推薦文章或者拍照存證，並show出來在投影布幕上給觀眾看，以強化信任。例如：我會在課程結束之後，要求學員錄一段對課程或是王道增智會的見證推薦影片。

此外，可以提供「滿意保證」，也就是提供不滿意退貨退款等的服務，讓觀眾產生安心感。而順利取得見證的方法是，你可

以請你的客戶吃飯，或者送他一些贈品，請他寫推薦文章或是錄下見證影片。

👍 結論

此階段的重點就是「要求行動」，也就是要求觀眾現在、立刻、馬上就行動！你可以提出只有當下的特別優惠價格，或者是「限時」、「限量」的產品或服務，甚至是「贈送」。

演說得好不好是「理性」的考量，而買不買單是「感性」的考量，我們必須兼顧理性與感性。講者不能一開始就要觀眾刷卡買單，取代來說，第一個動作可以是「贈送」，例如：我在「公眾演說」課堂上送出2017年7月22日「眾籌」第一天課程的免費入場券，王道增智會會員可以獲得兩張，一般學員可以獲得一張。

當觀眾獲得這張免費入場券之後，除了能提高他們出席的機率，他們還可能帶朋友來，因為出席除了可以聽課，還能獲得「免費」的午餐，這就是第二個「贈送」。

因為推銷培訓課程的重點就是「贈送」、「贈送」、「贈送」，贈送到觀眾很高興的時候，就可以提供刷卡單讓觀眾填寫。

如果你不知道自己能贈送什麼給觀眾，可以往「固定成本雖然高，但是邊際成本很低的物品」上思考，舉例來說：補習班要補足空位的做法通常是採用大折扣加上高額的佣金，請補習班的

學生找同學來報名上課，自己也能抽佣金，對補習班而言，多一個學生，也不會因此多付出多少成本。

以此類推，「資訊型產品」就可以這樣運用，因為資訊型產品的邊際成本非常低，當你將內容製作出來之後，再複製很多份也花不了多少錢，因為最便宜的USB隨身碟也頂多一百多元，你的贈品就可以往這方向去思考。

我創辦的采舍集團的培訓課程有三大任務，第一個任務是：「幫助整個社會的學習」，為了達成第一個任務，第二個的任務是「人數非常重要」，第三個任務才是「賺錢」。

舉例來說，我要如何說服觀眾購買兩天版本的「眾籌」課程呢？我會先贈送觀眾三小時版本的「眾籌」課程，並塑造出課程的價值，增加課程的「CP值」，再加上額外的贈品，就會有一部分的人願意刷卡買單。

「CP值」是什麼？就是性能和價格的比例，意思就是「你要付多少錢去得到這個產品或服務」，當價錢越低的時候，這個產品或服務的CP值就會越高，因為貴的東西較難以CP值為訴求來販賣。

講者要能清楚傳達「價值」和「價格」的區別，銷售時也必須塑造出產品或服務的「價值」，「價值」是重要、需要且急迫的，只有當客戶覺得「價值」大於或等於「價格」時，才可能成交。

👍 為什麼要學習「公眾演說」？

我們為什麼要學習「公眾演說」？檯面上的理由是練習銷講口才、精進說話技巧。但是事實上如果你想要成為somebody，就必須做兩件事情，一件是「公眾演說」，另一件則是「出書」，因為社會競爭是非常激烈的，無論你從事哪一種行業，要憑什麼讓人家知道你？要憑什麼讓你可以在行業內名列前茅？你要如何證明呢？

過去的時代流行的是各個協會頒發的相關證書、證照，但是這些資歷已經越來越多人擁有了，現在則可以朝公眾演說和出書的方向去發揮。

王道增智會主辦的「公眾演說」課程，除了能增進演說能力以外，對於想成為講師的人來說，也是講師的培訓班，因為這兩件事的本質是一樣的。想要成為講師，要會演說、要會銷講，並不只是單純敢上臺說話而已，而是要注意非常多的細節。

例如，當有公眾演說的場合時，如果你想要現場爆滿人潮，有兩個小訣竅，一是多找一些人來，二是場地不要太大。並且一開始的人潮要由自己去創造，因為群眾不會雪中送炭，只會錦上添花。就像是到了中午的用餐時間，附近有兩家餐廳，一家的人潮爆滿，一家卻是門可羅雀，你會選擇去哪一家呢？

相信多數人都會選擇去人潮爆滿的那一家餐廳，心想這家店可能很有名，但是人多的那一家餐廳，裡面的人潮可能都是自己的親朋好友，當自己人離開的時候，餐廳最後卻會被真正的客人

擠滿，這也就是行銷的技巧。

在上公眾演說課程時，學員一定要能找到機會就銷講，即使他沒有產品，也可以跟同學介紹、推銷自己，只要觀眾對他有印象，對他日後的成交就會產生很大的幫助，因為一般人是不會和陌生人成交的，「認識是信任的基礎」。當客戶不認識你、對你沒有印象，就不能產生信任，也就不能產生業績。

如前述，上臺演說的重點就是：一、自我介紹（你是誰、你是做什麼的），二、銷講（如果你有什麼東西想要銷售，或者是有觀念想要宣導），舉例來說，如果是孫中山，就會宣導推翻滿清的革命思想。每個人都會有他的理念、他的想法，或者想要銷售的東西，這就是公眾演說的祕密。

講者要盡量做出激烈的動作，因為演說就是又「演」又「說」，但是多數人都是「只說，不演」，演說是一種表演，也是說服，也是用說的文案。你也可以在家預先錄好自己的演說，並播放出來觀看，不斷練習與講稿搭配的動作，實際上場時就較不會手足無措。

一般海內外的「公眾演說」課程分為二種形式：一種是注重理論教學，但學員上臺還是開不了口；另一種是重實戰，直接請學員輪流上臺說，最後再由老師點評，所以沒學過、沒上臺經驗的學員還是不會說。

每一位講師一定都有他自己的特色，就算參加他的培訓，我們也不會變成那一位講師，每個人都要找出、培養出自己的特色。也有許多老師是收取保證金之後，美其名讓學員做大量的練

習，但同時也浪費了大量的時間。

　　我是北大TTT（Training the Trainers to Train）的認證講師，本人主持的公眾演說示範班，理論與實戰並重，能教你怎麼開口說，更教你如何上臺不怯場，保證上臺演說與學會銷講絕學，並且現場示範即刻評點，讓你能在短時間抓住公眾演說的成交撇步。

　　我的「公眾演說」課程注重一對一個別指導，所以必須採小班制和限額招生，把你當成世界級講師來培訓，讓你完全脫胎換骨成為一名超級演說家，並可成為亞洲或全球八大明師大會的講師，晉級A咖中的A咖！且讓我們一起努力吧！

Speech
10 設計好個人的外在儀表

心理學中有一個「暈輪效應」（Halo Effect），又稱為「光環效應」、「月暈效應」，是指人們對他人的認知和判斷往往只從局部出發，擴散而得出整體印象，也即是「以偏概全」。

一個人如果被認為是好的，他就會被一種積極肯定的光環籠罩，被賦予「一切都是好的」的印象；如果一個人被認為是壞的，他就會被一種消極否定的光環所籠罩，被認為具有各種壞的印象。暈輪效應會在一定範圍內影響著我們的日常生活。

一個人給別人的第一印象，往往是人們作為判斷的依據。當講者一上臺，觀眾首先會透過視覺來評判講者的形象。因此，設計好自己的外在儀表，讓自己看起來像個成功者、專家、學者，是講者獲得群眾信任的一個重要關鍵。

外在儀表並非時尚，而是加分

前美國總統理查・尼克森（Richard Milhous Nixon）雖然是美國政壇上的老牌政治家，但卻在一九六〇年美國總統大選上被

貴族家庭出身的甘迺迪（John Fitzgerald Kennedy）嘲笑，說尼克森的著裝缺乏品味。

年輕、英俊的甘迺迪是一個相當注重自身形象的政治家，他甚至懂得如何利用自己的外在優勢獲取選民的支持，為自己贏得選戰。

在競選總統期間，在與尼克森的電視辯論會上，甘迺迪渾身散發著成功者的活力和魅力，談吐舉止間表現出的堅定、自信、沉著和剛毅都徹底地抓住了選民的心。他的外在印象使他不僅能夠主宰美國政壇，並且能左右世界格局。

當甘迺迪提出「不要問國家可以為你做什麼，你應該要問自己可以為國家做什麼？」的口號時，頓時激起了美國人強烈的愛國熱情。選民相信，甘迺迪是他們心目中最理想的總統形象。

幾十年過去了，甘迺迪的外在形象一直讓人難以忘懷。他被許多美國人看作是世界領導者的標準形象，並對後任總統柯林頓（William Jefferson Clinton）的從政經歷產生了深刻的影響。

前美國總統歐巴馬從競選那天起就成為萬眾的偶像，他的競選口號「Change」（改變）如同一場風暴席捲民心。人們不僅談論他的政見，還討論他的西裝、領帶和皮鞋。

他的形象被複製印刷在T恤、時尚雜誌封面上。當時好萊塢明星、時裝設計師都為他傾倒。但是，細看歐巴馬的穿著卻都非常地簡潔，他鍾愛美國老牌Hartmarx西服，符合了主流審美又沒有炫富的姿態。這種從容的穿著方式，也代表著「美國式」的自信。

　　二〇〇九年，歐巴馬在中國上海科技館發表演說，這是歐巴馬與中國青年之間的首次對話。在這種莊重的場合下，歐巴馬身著合身西服，繫著他最愛的「銀灰色領帶」，塑造出專業幹練的總統形象。細節之處，象徵家庭和睦的戒指、象徵國家榮譽的胸章都很完美，加上風趣的用詞和生動的表情，讓他充滿著活力和自信。

　　而英國柴契爾夫人（Margaret Hilda Thatcher, Baroness Thatcher）演說時儀表、風度俱佳，衣著雍容而沒有過度華貴之嫌，莊重卻又不顯年紀，內心是「鐵娘子」，然而談吐卻柔和、溫馨，用語穩重、腔調適中。

　　英國王妃戴安娜（Diana, Princess of Wales）也有這種「群眾魅力」，令全英國人為她迷戀、沉醉。甚至在她出訪日本時，日本公眾也對她推崇至極。這不僅來自於戴安娜王妃那由內而外散發出的優雅氣質，更源自於她面對公眾時的良好形象。

　　在演說中，有些小事看似微不足道，但卻十分重要。就像外在的儀表並不是在談時尚問題，而是合適的衣著對我們的演說確實能有正面的幫助。我們不能改變自己的外型、身材，但我們卻可以藉由合適的服裝、高雅的儀態、演說的行為舉止來改善我們帶給觀眾的感覺。這一點似乎微不足道，但卻對個人形象的打造來說十分重要。

　　因此，講者必須穿著樸素且合適自己的服裝，那些過度引人注意的流行時裝或者與專業不符合的服裝都要避免。因為你所選擇的衣著會告訴觀眾你的自我價值觀、對觀眾的態度，以及是否

重視傳達的訊息。乍看就使觀眾失望的講者，通常也就無法使觀眾理解並認同其內容了。

👍 演說時須注意的衣著重點

挑選保守但合時宜的衣著，不要給人有過時的形象。例如，有些講者的穿著非常保守、謹慎，以至於他們沒有察覺到這樣的服裝搭配其實有點過時，這也會讓觀眾覺得他們所說的話，可能和他們的裝扮一樣過時。

・觀眾喜歡講者穿著符合其專業的服裝，並且剪裁合身，如此顯得莊重。

・女性穿套裝、男性穿西裝（皆正式、不受流行左右）。女性裙子的長度至少及膝，上衣有袖、有領口，不過緊。

・女性避免穿低胸的服裝，如此能顯得更莊重。

・服裝避免選容易有摺痕的質料，因為當你坐得久的時候，便會起摺痕，不美觀。

・某些顏色能使你看來更專業、可信。例如：深藍色給人專業、有實力的感覺；淺藍色給人平靜的感覺；紅色給人活力充沛的感覺；黃色是令人喜悅的顏色，但也會使人感到焦慮；咖啡色給人樸實的感覺，但也使人感到沒有活力；白色給人清爽的感覺，在燈光下有打光的效果。而過多和太亮眼的顏色都會使觀眾無法專注於你的演說上。

・女性避免穿戴惹人注目的珠寶和飾物，因為飾物會讓觀眾

容易分心。

‧穿著舒適的鞋子。女性的高跟鞋雖然可能看來較有架式，然而若導致磨腳，則會影響表現。

‧避免將鑰匙、錢幣、手機等放在口袋裡，以免不自覺把玩這些小東西而發出噪音。

‧如果想看來更有權威，可將頭髮束起，讓人看到整個臉龐；或者將外套釦起，讓形象更專業、俐落。

‧可利用服裝顏色的對比，例如：黑色西裝搭配白襯衫和銀灰色領帶，就會比黑西裝搭配深灰色領帶給人的感覺更強烈。目的在於「希望最後一排的觀眾也能清楚地看到自己」，以此為穿衣原則。

‧事先考慮服裝與整體舞台的搭配，請預先了解場地的燈光配置或背景，如果舞台的燈光不足，就可以穿著顏色較淡或亮麗的服裝，臉上的彩妝要比平時濃，過淡的彩妝會讓人臉色暗黃、沒有精神。

‧在家穿著預定的上場服裝，對著鏡子演練演說時會有的動作，例如：高舉雙手、叉腰、做手勢等，檢視你的服裝是否能讓你在做動作時看起來舒適、自然？

演說要求講者形象好、風度佳，絕對不能不修邊幅、濃妝豔抹、髮型奇特等，如此不吸引觀眾的打扮，演說效果自然不佳。穿著合宜非常重要，因為這是你給觀眾的第一個印象，一個人的形象，包括髮型、衣服、鞋子等等，都透露出關於「你是誰」的訊息，並且無所遁形。而演說時你的外表形象正是這段話的具體

實踐。只要你穿著合宜，便可以全心全意地將你最好的資訊傳達給觀眾。

例如，第一位非洲裔美國總統夫人米雪兒‧歐巴馬，也是史上個子最高的美國第一夫人（身高一百八十三公分）。她也非常著重自己的形象、舉止及衣著品味，曾被媒體評選為衣著最佳的公眾人物之一，在不同場合上也可以看到她的悉心裝扮。擁有高學歷的米雪兒‧歐巴馬也經常得到媒體的關注，她的演說也為美國人帶來不少啟發。

無論你是因為何種理由要踏上講台，請記住，眾人注視著你，必定會評頭論足你的外在儀表和禮儀。事實上，從你出現在講台上、觀眾的眼光開始接觸你的那一刻，他們便已開始評論你。你在演說中所表現的態度和禮儀，都影響著他們對你的觀感。

人的外表往往就是心意的指標，我們應慎重展現讓世人藉以評判我們的表徵。當我們站在公眾之前，目的就是給人一個乾淨、俐落的形象，因此要將最好的儀態表現在人前。

擁有一個好的形象不僅可以讓觀眾在第一時間接受你，對你產生好感，更能為你搏得一個好人緣、一張好訂單、一份好工作。所以，如果你是一個胸中有抱負，滿腹才華的人，就更不應該在形象這一關上讓自己輸了陣地，讓自己不被看作專業人士，空有才華卻得不到施展，那豈不可惜了嗎？

Speech 11 演說現場環境的注意

　　雖然我們不可能完全掌控演說環境，但預先了解現場環境有助於講者傳達演說內容。現場環境包括了講台、講台背景、投影布幕、燈光、室溫、週邊的布置等等。雖然負責場地活動的，少有講者本人，但是我們身為受邀演說的講者，為了使演說完善、成功，也可以對負責人提出詢問或建議。

場地與座位安排

　　演說的場地最理想的是剛好坐滿了觀眾，如此場面好看，令人有成就感，觀眾也不會感到冷清。如果場地太大，出席人數又少，觀眾彼此之間便有疏離的感覺，講者很難推動他們做什麼。這裡的小訣竅就是，可以的話，將觀眾轉移到一個較小的場地，他們可以坐得近一點，更有溫馨的氣氛，臺上、臺下方便互動，並且人多擁擠，拍照留念時也讓人感覺講者大受歡迎。

　　演說場地最重要的還有座位安排，除非你是在有固定座位的大講堂演說，否則座位通常是會橫列著兩三排，然後有一、二條通道，方便講者走近觀眾，也讓觀眾有需要時走出座位。這樣的方式，講者和觀眾能有近距離的接觸，容易看到彼此的樣子，有

助於抓住觀眾的注意力。

　　講者可以早一點到達現場，如果能夠，可以按照你的意思調整座位。例如：如果座位不夠，可以補充椅子，但一定要安排通道。或者你可以請場地負責人安排第一排的座位較靠近你或是和你有一些距離，座位必須在觀眾抵達之前就安排妥當。因為當觀眾坐下來之後，便不喜歡再移動。

　　如果你的觀眾人數在三十人至五十人之間，場地允許的話，你可以請工作人員將椅子圍成半橢圓形，講者的位置在半橢圓形中央，然後椅子一圈一圈地排下去。如此，坐在前面的人就不會擋到後面的人，還會有溫馨的學習氣氛，所有人都可以看到講者和螢幕上的畫面。並可以鼓勵觀眾往前坐。

　　此外，座位排列的方式還有：

　　‧U型式：參加者並排而坐，方便觀眾交流，適合四人至十五人的活動，但是說話的人必須提高聲調，否則另一頭的人可能會聽不清楚。

　　‧長桌式：長桌式的座位安排適用於地方不大的教室，可以在教室中間放一張長桌子，再放上四人至十五人的椅子。如此，每個人都可以看到講者，觀眾之間也容易交流。

　　‧分組式：室內有足夠的空間與桌子，就可以採用分組式。講者可以依照演說內容分配每一組的「作業」，可以請每一組發表意見。

　　‧鋸齒型：意思是將兩張桌子斜放在一起，形成一個銳角，如此觀眾便能夠面對面，使他們覺得自己是一個團隊。適合需要

觀眾發表意見的演說，且參加者較少時。

講台的使用

講台讓觀眾可以清楚地看到講者的一舉一動，但是也有缺點，那就是固定的講台位置讓講者不能和臺下的觀眾打成一片。當講者在高高的講台上眼睛往下看向觀眾時，便與觀眾產生了距離，特別是人數較多的演說場合時，更是如此。

如果講者願意走向觀眾，甚至「走入」觀眾，那麼就可以和他們有更好的交流，就會有更融洽的氣氛，在休息時間時，他們更會親近地來向你問問題。

其他現場環境問題

・個人空間：每個人都有身體的個人空間距離，當有人離我們太近，闖入我們的私人空間時，我們便很容易覺得沒有安全感。講者需要注意到，當自己走近觀眾時，別太侵擾到對方的空間。

・場地溫度：演說的場地的溫度無論是太冷或太熱，都會影響觀眾接收你的資訊的反應。當越多人聚集在一個小場地，便越會產生溫度，因此最好將空調設置在恰當的溫度，不要過高，也別過低。

・場地光線：如果演說場地有窗戶，最好將窗簾都拉下來，

除了可避免陽光刺眼之外，最重要的是可讓觀眾不分心在窗外的事物。場地的光線最好亮一些，並且要能清楚看到講者的肢體動作，光線若太暗，很容易使人昏昏欲睡。

‧接待人員：演說場地門口的接待人員的工作是友善地引導參加者，對初次前來的觀眾來說，他們很需要在陌生地方感到放鬆，因此接待人員的笑容與悉心問候能讓他們安心。在演說前也可以播放輕音樂來舒緩空白時間和製造氣氛。

‧早點抵達：講者普遍應該早半個小時或一個小時抵達現場，如此可以事先熟習現場環境和視聽設備，也可以有充足的時間預備自己演說的內容。並確定你所要運用的設備都能正常運作，例如：檢查麥克風，調整至合適的高度和音量等。

演說場地的溫度、光線、氣氛、音樂等，都會影響觀眾的情緒和氣氛，所以要特別注意。在預先抵達的這段時間裡，講者更可以集中精神、充滿餘裕，讓觀眾感受到你是一位鎮定、自信和專業的演說家。

演說內容的
搜集與撰寫

Speech 12 選擇能撼動觀眾的演說主題

　　一場演講，主題的好壞有時直接反應了內容的精彩與否，若演說的內容平實、無華，那麼它的主題必定也不會有太大的吸引力。因此得從主題開始就具有吸引力。而主題的好壞往往來自於觀眾的需求，只有根據觀眾需求選取的主題才能真正引起他們的興趣，並能夠傳達觀眾知識和資訊，這才容易成功。

　　主題是演說的靈魂，貫穿於整場演說。講者思考主題時必須考慮目的和觀眾的素質，決定哪些觀點需要有論據支持，必須搜集資料，以便能清楚、具創意地帶出自己的觀點。

　　在準備演說之前，得先思考自己想說些什麼、想告訴觀眾什麼、想傳達給觀眾什麼，將你想傳達給觀眾的主題確立下來。

　　當主題決定之後，接下來才是搜集內容相關素材、安排架構、擬定講稿和大綱、進行練習等流程。

　　多數講者的演說主題都是單一的，例如：對某個主題進行演說，或是針對政治、社會、經濟等事件進行評判，或者激勵觀眾，或是為了宣傳、行銷自己的產品或服務等等……只有主題單一，才可能將內容演說地清楚、通順，引起觀眾

的共鳴。

多數時候的演說時間都是有限定的，若不能界定適當的範圍，就很容易東聊西扯地離題，會讓過程呈現一團亂，如此也會讓觀眾無法吸收想獲得的資訊。

為了避免混亂與紛雜，演說的主題篇幅不能過長，如果主題失焦，篇幅過長，就會讓觀眾不知所云，隨之產生厭煩的情緒，不利於演說的最後目的。因此大多數的演說題目都是簡短的，要能吸引那些有意聽講者的注意，並且要涵蓋演說內容的要點。

一般來說，三十分鐘至一小時的演說，需要至少四小時的事前準備。對於經驗較少的講者，則需要更長的時間準備。因此，最好是預留多一點時間準備與練習。

當在確立演說主題的階段時，通常需要考慮幾種不同情況：

演說內容是否能與生活相關？

每一天我們的生活周遭都會發生許多事件，有時，從生活中或人生經歷中挖掘而來的內容，也會是講者自身最有印象或最有意義的經驗，能成為演說的主題或適合演說搭配的內容之一。

例如：中國著名作家余秋雨曾經在四川大學演說，言談述及一位上海音樂學院朋友過世的情景，他富含感情地說：

「他的兩個學生正在國外，聽說老師病危，立刻中止合同，

飛回上海，為老師臨終演出。那一天，有著許多毛病的上海人，正如我曾多次寫過的一樣，都激動起來、崇高起來，好多不懂音樂的人也買票去聽。小學生們的家長對記者說：『帶他們來，是為了讓他們明白什麼叫音樂，什麼叫老師……』幾天後，這位教授過世了，附近花店的花一售而空。病房裡堆滿了鮮花，樓梯上也一層一層疊滿了鮮花……」

正因為是發生在現實生活中的事，能徹底吸引觀眾的注意力。對觀眾來說，最有興趣的、最親切的無非是和生活相關的話題，觀眾會想聆聽的是個人的生活經驗和獨特的見解，由此所產生的反饋也才會更強烈，因此建議搭配主題加入生活化內容。

🗨 主題是否根據特定對象訂立

除了即興演講之外，所有的演說都需要根據不同的觀眾目標群來做主題的調整，講者需要依據活動單位所提供的主題大量地查閱相關資料，並結合自己的親身感受、經歷，最後確立演說的真正主題。

例如：二〇一一年在網路上爆紅並被熱烈轉發的中國華中科技大學校長李培根在畢業典禮上的演說影片就感動了上萬名大學生，他被學生親切地稱為「根叔」。

以下為李培根於二〇一〇年畢業典禮上的致辭「記憶」節錄：

「親愛的二〇一〇屆畢業生同學們，你們好！首先，為你們

完成學業並即將踏上新的征途送上最美好的祝願……

　　親愛的同學們，你們在華中科技大學的幾年給我留下了永恆的記憶。我記得你們在各種社團取得的驕人成績；我記得你們為中國的『常春藤』學校中無華中大一席而灰心喪氣；我記得某些同學為『學位門』、為光穀同濟醫院的選址而憤激；我記得你們剛剛對我的呼喊：『根叔，你為我們做成了什麼？』——是啊，我也得時時拷問自己的良心，到底為你們做了什麼？還能為華中大學子做什麼？

　　我記得，你們都是小青年。我記得『吉、ｒ頭』，那麼平凡，卻格外美麗；我記得你們中間的胡政在國際權威期刊上發表多篇高水準論文，創造了本科生參與研究的奇蹟；我記得『校歌男』，記得『選修課王子』，同樣是可愛的孩子。我記得沉迷於網路遊戲，甚至瀕臨退學的學生與我聊天時目光中透出的茫然與無助，他們還是華中大的孩子，他們更成為我心中抹不去的記憶。

　　我記得你們的自行車和熱水瓶常常被偷，記得你們為搶占座位而付出的艱辛；記得你們在寒冷的冬天手腳冰涼，記得你們在炎熱的夏季徹夜難眠；記得食堂常常讓你們生氣，我當然更記得自己說過的話：『我們絕不賺學生一分錢』，也記得你們對此言並不滿意；但願華中大尤其要有關於校園醜陋的記憶。只要我們共同記憶那些醜陋，總有一天，我們能將醜陋轉化成美麗。

　　同學們，你們中的大多數人，即將背上你們的行李，甚至遠離。請記住，最好不要再讓你們的父母為你們送行。面對歲月的

侵蝕，你們的煩惱可能會越來越多，考慮的問題也可能會越來越現實，角色的轉換可能會讓你們感覺到有些措手不及。也許你會選擇『膠囊公寓』，或者不得不蝸居，成為蟻族之一員。沒關係，成功更容易光顧磨難和艱辛，正如只有經過泥濘的道路，腳印留下的才更清晰。

請記住，未來你們大概不再有批評上級的隨意，同事之間大概也不會有如同學之間簡單的關係；請記住，別太多地抱怨，成功永遠不屬於整天抱怨的人，抱怨也無濟於事；請記住，別沉迷於世界的虛擬，還得回到社會的現實；請記住，『敢於競爭，善於轉化』，這是華中大的精神風貌，也許是你們未來成功的真諦；請記住，華中大，你的母校。『什麼是母校？就是那個你一天罵它八遍卻不許別人罵的地方。』多麼樸實精闢！

親愛的同學們，也許你們難以有那麼多的記憶。如果問你們關於一個字的記憶，那一定是『被』。我知道，你們不喜歡『被就業』、『被堅強』，那就挺直你們的脊樑，挺起你們的胸膛，自己去就業，堅強而勇敢地到社會中去闖蕩。

親愛的同學們，也許你們難以有那麼多的記憶，也許你們很快就會忘記根叔的嘮叨與瑣細。儘管你們不喜歡『被』，根叔還是想強加給你們一個『被』：你們的未來『被』華中大記憶！……」

這段長十六分鐘的演說被掌聲打斷了三十次，全場近八千名學子站著高喊：「根叔！根叔！」更有許多人淚灑現場。為什麼李培根的演說如此深得人心呢？他將四年來發生的國家和學校大

事、身邊人物、網路關鍵字等融合在一起，使用的話語樸實而親切。

這一場演說就是根據特定人群，也就是即將走出華中大校門的大學學子而寫，正是因為對學生的關注，知道他們在追求什麼、需要什麼、嚮往什麼，才能根據學生的需求來「對號入座」，同時緊扣主題，大量地引用學生們熟悉的「流行語」，拉進了與學子之間的距離，勾起了更多人的集體記憶，也才能促成這樣一場受到廣大學生歡迎、情真意切的經典演說。

在演說中，個人體驗絕對比理論更重要，當演說內容是你最熟悉、最清楚的事物時，那麼你的演說必然生動、激昂、有說服力、有吸引力。在演說中，務必要界定好範圍，這個範圍包含了「演說內容」，也包含「觀眾」和「演說活動所在的環境」。

👍 主題是否符合自身專業？

當你在訂立演說主題時，務必要能符合你的專業。也就是說，當觀眾對你的觀點提出異議時，你是否能有充分的把握，以你的信念、專業知識等來維護你的立場？如果能夠，就說明這是你有能力發表見解的主題。

捷克作家雅洛斯拉夫・哈謝克（Jaroslav Hasek）的諷刺小說《好兵帥克》（Osudy dobrého vojáka Švejka za světové války）中記錄了一位天馬行空的演說者——克勞斯上校。克勞斯上校的演說充滿了毫無意義的內容：

「各位，我剛才提到那裡有扇窗戶，你們都知道窗戶是什麼東西吧？一條夾在兩條溝之間的路，就叫公路。對了，那麼你們知道什麼是溝嗎？溝就是一群工人挖出來的、凹下去的狹長的坑。是的，那就是溝。溝呢，是用鐵鍬挖的。那麼你們知道什麼是鐵鍬嗎？鐵鍬啊，就是鐵做的一種工具，我想，不用說大家都知道的，你們都知道吧？」

像這樣的演說不僅沒有邏輯可言，而且還不具任何意義。與其說是演說，不如說是一個頭腦簡單的人的自言自語。哈謝克藉由這個虛構人物反諷了現實中許多人演說的缺點。

只有講者將主題深刻理解、熟悉之後，才能由衷地表達出來。因為空泛的理論往往讓人瞌睡連連，如果發表的演說只是一知半解的闡述或者一些無意義的議論，就算是經由搜集相關資料、名人名言等東拼西湊而成的豐富講稿，一樣無濟於事，只能算是一堆冗長而無內容的演說詞。只有對觀眾能產生「意義」、產生「價值」的主題，才是最受觀眾歡迎的主題。

👍 主題是否能展現情感？

演說主題要能展現情感，表明講者的態度與對某事件的意見、看法如何，不僅要在演說的一開始開宗明義地說出來，更要在演說的主題上讓人一目了然。以下為幾場著名的演說主題：

・史帝夫・賈伯斯（Steve Jobs）於史丹佛大學的畢業典禮演說——「如何在你死前好好活著」（How to live before you

106

die）。

‧前美國總統歐巴馬（Barack Obama）二○○八年的總統勝選演說——「是的，我們能夠做到」（Yes We Can）。

‧以爭取女性教育聞名的諾貝爾獎得主馬拉拉（Malala Yousafzai）於諾貝爾頒獎典禮的演說——「讓一切到我們這一代為止」（Let This End with Us）。

‧Facebook營運長雪柔‧桑伯格（Sheryl Sandberg）於哈佛大學畢業典禮演說——「勇於挑戰快速發展的契機」（Get on a Rocket Ship）。

‧J.K.羅琳（J.K.Rowling）於哈佛大學的畢業典禮演說——「失敗的益處」（The Benefits of Failure）

演說主題與內容、風格等有直接關聯，無論選擇主題時出於什麼目的，一定要讓主題簡短、有新意，並可能激發觀眾興趣。值得注意的是，在我們選擇主題的時候，要選擇與自己的理念相吻合的主題。如果勉強去談一個自己沒有感覺，甚至是持負面觀感的主題，卻還要胡扯一些無法說服自己的話，就更別想去說服別人了。

主題是否能激勵自己？

當在尋找演說的主題和素材時，一定要能激勵自己，如此能讓你富有情感與熱情來進行一場演說。在演說主題當中，能激勵自己、撼動觀眾的內容有：

1. 最得意或最難過的事

2. 最感人或最興奮的事

3. 最傷痛的事

4. 最低潮的時候

5. 最成功或最失敗的故事

6. 最刻骨銘心的事

7. 其他生命之最或者人生之最

例如：「決戰人生」是美國健身運動員、演員阿諾‧施瓦辛格（Arnold Alois Schwarzenegger）作為美國加州州長訪問中國，在北京清華大學發表的一篇演說（節錄）：

「我還記得第一次到美國參加世界健美錦標賽時。當時我輸了，絕望無比。我就像一個失敗者，一個遭受慘敗的人。我哭了，事實上因為我感到讓朋友失望了，也讓自己失望了。但第二天，我重整旗鼓，改變了態度，對自己說：『我要吸取教訓』。從那時起，我不斷努力，事業從此輝煌騰達，我實現了自己想做的一切——首先成為健美冠軍，接著成為電影明星，後來當上了世界第六大經濟體——加利福尼亞的州長。

這一切的實現都是因為我的夢想，即使別人說我的那些夢想都是虛偽而荒唐的，但是我仍堅持不棄。在好萊塢，他們曾說：『你絕不可能成功，你一口德國口音，在好萊塢還沒有一個說話帶德國音的人能成功的。飾演一些納粹角色你倒是可以，但有口音的人想成為主角是不可能的。還有你的體型，一身肌肉，太過發達了！二十年前他們是拍過大力士的影片，不過那早就過時

了。還有你的名字，施瓦辛格，根本不適合上電影海報。算了，你不會成功的。還是回去搞你的健美運動去吧！』

其餘的都成了往事。演完《魔鬼終結者》之後，我成為好萊塢片酬最高的明星。但外界的質疑卻從未中斷過，我競選州長時，還有人說：『阿諾，你永遠當不上加州州長。你也懂政治？』然而我依然參加了競選，我相信自己的夢想，其餘的都已成明日黃花。我最終當上了州長。因此，那些夢想總引導著我不斷向前──健美運動給了我信心，電影給了我財富，而給我更大的決心的，是競選州長的成功，以及因此帶來能有為公共服務的機會。」

《決戰人生》是一篇被廣大網友稱讚，思想性、藝術性俱佳的演說傑作。透過他的現身說法，證明了積極人生態度的重要性。施瓦辛格選取了一個他自己感興趣的主題，並用親身經歷來論證、支持了這個主題，邏輯嚴密，觀點鮮明，最終使得演說非常成功。

要想有一篇引人入勝的演說稿，就先從設計合適自己的主題入手吧，擁有一個吸引人的主題才能讓觀眾對演說的內容充滿期待。

👍 決定一個一語中的的主題

你可能很熟悉以下的廣告slogan：

「不在乎天長地久，只在乎曾經擁有。」

「科技始終來自於人性。」

「整個城市都是我的咖啡館。」

「生命就該浪費在美好的事物上。」

演說的題目也是如此，無論是演說的主題還是一本書的書名等，都必須要能一語中的。想要找到好主題，只要多練習排列組合，就可能寫出被傳頌的好句子。

以出版業來說，一本新書的書名都是從好幾十個備選書名當中排列組合出來的，如果真有另一個割捨不下的好書名，就可以作為副書名。

如果在內容上能置入意外情節，或是有一個大逆轉，往往就能創造出話題。例如：二○○七年賈伯斯宣稱要同時開三種新產品的發表會。iPhone就是誕生於二○○七年，所謂的三種新產品，一種是數位相機，一種是連網手機，一種是上網的觸控螢幕，其實這三種產品都是他手上的同一臺手機的功能，所以賈伯斯其實是說故事的高手。

在演說中確立一個適合的主題至關重要，只有確立好的主題才能讓講者與觀眾對演說的內容有全方位的認識，彼此才能更好的掌握內容。

Speech

13

如何搜集、整理演說材料

在演說的主題選定之後，就要搜集演說講稿的材料了。講稿材料的豐富與否，決定了演說內容的好壞。

「巧婦難為無米之炊」，到了這個步驟，許多講者會發現演說的最大困難在於沒有演說材料。因此，講者平時的知識累積、興趣愛好、閱歷與演說的成功有著密切的關係。這就要求我們平時得「家事、國事、天下事，事事關心」，廣泛地閱讀、搜集、累積演說材料，這是一個長期、細節而複雜的工作。而講稿資料的搜集一般分為：「直接材料搜集」與「間接材料搜集」：

👍 直接材料搜集

「直接材料搜集」指的是根據演說所需內容，帶著目的性的從書籍、報刊、文獻、網路中所搜集而來的材料，要以敏銳的洞察力對素材進行思考、提煉，並從中發掘新意。

舉例來說：有一位講者在面對「抽菸有害健康」這個主題時，提出了這樣一段話：「我發現抽菸有三大好處，一，抽菸的人不會被狗咬，狗一看到抽菸的人就會逃竄；二，抽菸的人家裡

永遠安全，小偷不敢進抽菸的人的家門；三，抽菸的人永遠年輕，永遠不會老態龍鍾。」

在面對「抽菸有害健康」這個堅不可破的觀點，他卻這樣開場，說法的新奇和震撼也很有代表性，一下子就把觀眾的注意力吸引過去了。

「大家可能會問，抽菸為什麼會有以上三大好處呢？」

「因為，第一，抽菸的人多駝背，狗一見他彎腰駝背的樣子，以為抽菸的人正在撿石頭，所以就逃走了。第二，抽菸的人總是咳嗽不停，小偷半夜闖空門時，聽到不斷的咳嗽聲，就知道主人還沒有睡，哪敢貿然進去偷東西呢？第三，抽菸的人短命的多，所以會保持在年輕的歲數。」

聽到這裡，觀眾恍然大悟，講者運用反諷的手法讓觀眾在意外中再次感受到抽菸的危害。因此演說素材的選擇和新奇與否，對於提起觀眾興趣來說也非常重要。

真實案例也會影響觀眾的感受，比單純的論述更有效。如果沒有案例做說明，觀眾便不清楚你的觀點，以為與他們無關。但如果有了實際案例，觀點便能生動的與人產生關係，使抽象的原則更為清楚和令人信服。

講者可以用一個簡單或詳盡的例證來支持一個論據，也可以利用一些統計數字來解釋一個論據，使論據更有力。更可以藉由龐大的統計資料來顯現出問題的廣泛和嚴重性，只要能謹慎和清楚地解釋，使得統計資料對主題和觀眾都有意義，對演說就非常有幫助。

　　由於人們容易受他人的見證與權威人士的話影響，因此引用專家、學者的話能使你的論說具更大的說服力。對在演說上初試啼聲的講者來說，見證故事或名人的保證對他們的演說特別有幫助，因為觀眾仍未接受他們在主題上的專業水準。此時若能引用專家、學者觀點來支持，會使講者的見解更具信度與效度。

間接材料搜集

　　「間接材料搜集」是指不具有目的性，從在生活中看到的報章雜誌或名人名言、時事新聞等搜集而來的其他資料。

　　在生活中，我們可以有意地搜集一些歷史資料，對相關的事件、人物等情況進行理解，分門別類地整理，並持續更新最新的資料。同時訓練自己對當下發生的重大政治、經濟、文化、科技等各領域的事件、人物充分了解，有自己的獨到見解。

　　此外，還要能加強記憶，多背誦名人名言、俗語、諺語、古典詩詞、經典文學、寓言故事、時文政評等。在演說之前，還要查閱當地報刊，以瞭解觀眾近期可能關心的問題。 如果你演說的內容與觀眾直接相關，就能迅速拉近你與觀眾的距離，他們更會愉快地接受你的想法或意見。

　　關鍵在於多注意身邊的人、事、物，善於發現恰當的比喻。例如：阿里巴巴創辦人之一的馬雲在談創業時，將「夢想」作為創業的起點，他這麼說：「人光有夢想是不夠的，現代社會有很多年輕人都是『晚上想想千條路，早上起來走原路。』於是一生

一事無成，就只能成天躺在床上做夢，缺乏積極的行動。」馬雲用了一個簡單易懂且發人深省的說法，給觀眾留下了深刻的印象。

演說材料的整理

在材料搜集完備之後，就需要整理。此時你必須檢查自己是否選擇了合適的演說主題，主題應避免過度空泛，越具體越好。

一般演說，多是確定了主題，才根據主題來選取材料、撰寫內容，選取的材料必須要是真實的、是最新消息、對聽眾富有新的啟迪等，接著對材料加以整理或進行梳理，捨棄不重要的內容或者用不上的材料，便準備撰寫演說講稿。

在演說材料的整理上，可以將有關論點或觀點集結出來，這一類的資訊包括舉例、比較、訪談紀錄、調查結果、統計數據、圖表、視聽媒介、專家或素人見證等等。整理資料時，要將確定使用的要點熟記在心，當發現和演說相關的資料時，就根據演說的要求個別歸類，直到集結到足夠的資料為止。

前美國總統林肯（Abraham Lincoln）經常戴的一頂高帽子裡面就放著他隨手寫的筆記，閒暇之餘便取出加以整理，分門別類抄在本子上，以備將來演說時使用。

多數高明的演說家都不是一朝一夕就能成功的，他們都是經過了長期的累積、足夠的練習才有了日後卓越的成就。

Speech 14 演說大綱的撰寫技巧

　　如果想要演說進行得更流暢，就一定要撰寫大綱。當你在準備大綱時，便也能有邏輯地調整自己的思維，有助於你有信心地上臺演說。

　　很多人可能會覺得「我直接看講稿就可以了，為什麼還要寫大綱呢？」其實，大綱可以幫助我們釐清整篇講稿的結構，檢查有沒有將主要的觀點表達出來，並用最適合、最好的方法來論述。大綱也可幫助我們看到自己有沒有遺忘了一些重要的訊息。

　　一場好演說並不是用一時的靈感寫成的，也不是用一些概括的理論寫成的，而是要富有強而有力的證據來支持主題的觀點。

　　在寫大綱之前，如前述需要先搜集資料。你可以到圖書館或藏書中尋找相關材料研究，也可以寫信到有關機構等索取資料，也可以造訪一些對你的演說主題素有研究、有成就的相關人士。你自己也是一個很好的資源，因為你對主題有個人的知識和經驗。

　　當你在撰寫大綱與講稿時，便要記住這些觀點，把它們融合在裡面，你也可以從中不斷地補充一些例證和支持論點

的材料。

👍 演說大綱的撰寫方法

當你已經完成搜集資料的步驟，便能準備撰寫演說大綱了。大綱可以幫助講者回想要說的內容是什麼，是演說講稿的「精華版」，其中只有「關鍵字」和「關鍵句」，使講者可以記起重要的字句。演說的時候，講者只須偶爾看幾眼這張演說大綱的筆記，以確定自己沒有離題。

在撰寫大綱之前，必須將演說內容分成「開場」、「主體」和「結尾」。把「開場」放在紙的左上角，最常用的方法是用羅馬數字來分開每一個重點。

首先是「開場」（羅馬數字I），然後留出空位，在開場之下寫幾個重點。

接著是「主體」（羅馬數字II），因為這是要將講者的要點說出來，所以需要留出更多的空位來寫，可以分出「要點」，可以使用英文大寫字母A、B、C等，把主要論點寫出來。接著分出「小標題」，可以使用1、2、3等，來支持這些「要點」，接著分出小小標題，可以使用英文小寫字母a、b、c等，主體的內容最多。

最後是「結尾」（羅馬數字III）。

右圖是一個基本的演說大綱展示，可作為參考：

I 開場
II 主體
    A. 要點
    B. 要點
      1. 小標題
      2. 小標題
        a. 小小標題
        b. 小小標題
III. 結尾

演說大綱的結構

演說大綱可以用黑色的筆寫大一點的字，將關鍵字都隔行起頭，紙張的兩邊都預留足夠的空間，以供臨時補寫一些要點。

可以把字寫在紙的左上角，並將每張紙標上頁碼，以防意外遺失。可以使用迴紋針把所有紙張按順序整理夾好，並用螢光筆標記出重要部分，使你容易看到。別用釘書機把紙釘住，免得不方便觀看，並且需要翻閱。

開場

雖然開場非常重要，但是重點還是在於「簡短」、「吸引人」。

在選擇演說的主題時，就可以一邊留意有沒有適合的材料作為開場。因為當你知道你所要說的內容之後，便很容易知道開場的內容是什麼樣最好。

開場要經過多次的練習，直到你不用看大綱，就可以很流暢地看著觀眾演說時就是最好的。

主體

撰寫大綱時，最好從「主體」的內容開始寫，因為主體包含所有你想要傳達的訊息。寫法是：演說的全篇內容不必用完整的句子來描述每一個要點，只需要寫出大綱，也就是條列出「關鍵字」。

例如：一場二十分鐘至三十分鐘的演說，通常需要三至五個要點，稍長的演說會需要更多的要點。如果你希望觀眾記得這些重點，最有效的方法就是標示出重點。當你演講結束後，觀眾便會記住你所標示出來的那些重點。

當你決定了幾個要點之後，便可以按照重要到次要來排列順序，「重要到次要」或是「次要到重要」都可以。盡可能在每一個要點上都提供案例或數據，例如：統計資料、引經據典等。

當你條列出關鍵字的要點時，可能會覺得內容不夠多，因為這只是初稿而已。當你繼續思考主題時，便會陸續發現有更多相關資料、好的案例、故事或是笑話等，就可以將這些材料補充進後續的講稿，使講稿內容更精彩。

結尾

一般來說，「結尾」有兩個作用，一是將你所說的內容作一個總結，讓觀眾知道你的演說即將結束了；二是讓觀眾更瞭解整

場演說的主要內容。如果結尾做的好，那麼在最後留給觀眾的深刻印象，將會一直縈繞在他們的腦海裡，所謂餘音繞樑，三日不絕是也。

「結尾」的時間最好不要超過演說全部時間的十分之一，因為最讓觀眾反感的便是講者說要結束，卻仍然一直繼續說下去。

大綱保持簡單、清楚、乾淨

演說大綱務必保持簡單、清楚、乾淨，如果太過詳細，講者很容易會變成一直看著大綱，而忽略了與觀眾保持眼神的接觸與互動。雖然詳盡的筆記能讓你很有安心感，避免自己遺忘或出錯，但是一旦過多，很明顯地就會讓你與觀眾產生距離、沒有溝通。

其實只要你將重點或是可以刺激你回想的文字用螢光筆標示出來，便可避免出錯。

大綱的重點在於幫助講者將內容記牢，因此不必寫得太過細節，而花了過多的時間來準備。

試講與計時

當你完成演說大綱之後，就可以試著看大綱來練習說一次，同時必須要計時。多數人都只是眼睛「掃過」大綱，便估計出自己「大約」的演說時間，但是，大綱畢竟只是演說講稿的「骨架」而已，只要你臨時多說了一些話，時間立刻就會拉長。

並請隨身攜帶你的演講大綱，包含列印出來的紙本資料和存

在USB隨身碟裡的軟體檔案，甚至網路雲端上也可以存著備份檔案，以做好滴水不漏的萬全準備。

　　一般人很容易誤會的是，他們認為好的演說都是即興發揮的，講者想到什麼就說什麼，事實上並非如此。並且完全沒有任何準備的講者，只會讓人感受到他們並不是一個好的演說家，因為他表現出來的是不夠在乎觀眾。

👍 演說主題的練習之一

　　現在以主題：「我必能實現夢想」作為練習，便可以提出以下簡略的內容大綱：

- 成功者一定都是明確目標，並且清晰結果的。
- 你的目標是什麼？你要的結果是什麼？
- 但是，是什麼阻礙了你？讓你得不到你所想要的結果？
- 該如何排除阻礙？
- 試問：解決問題的意願與方法，熟重？
- 改變注意力，用決心解決一切問題吧！
- 萬事的起頭是：先說服自己。
- 找理由說服自己吧！
- 結果具有最棒的說服力！

　　當演說主題為：「我必能實現夢想」時，就可以從每個人都會同時有著「困難」和「目標」的方向開始談起，將上述的大綱逐一說明，並舉出成功者與失敗者的差異之處。

　　舉例來說：「雖然『困難』和『目標』的大小是客觀的，但是放到我們心裡就是主觀的。成功者和目標之間有沒有『困難』嗎？有。但是他的視線已經超越了『困難』，他看到的是『目標』，因此他會為了『目標』想辦法去克服『困難』；可是失敗者永遠先看到『困難』，看不到『目標』，因此最後失敗者會有理由、藉口，而成功者沒有理由、沒有藉口。

　　你的眼睛如果看的是『目標』，那麼眼前的『困難』就都不是困難了，這是成功者的心態；失敗者則是眼睛永遠看著『困難』，心裡總是想著不可能達成，這是失敗者的心態。

　　也就是說，失敗者永遠在找理由，而成功者總是想著要如何跨過『困難』，永遠在找方法。也就是，『注意力在哪裡，結果就在哪裡』，這就是必定達成夢想的成功者心態……」。

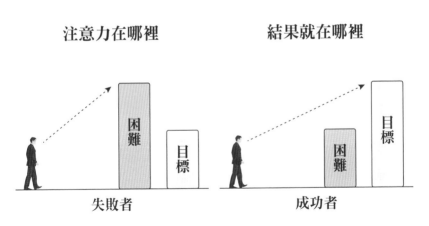

成功者與失敗者的差別示意圖

👍 演說主題練習之二

現在以主題：「用正面思維取代負面思維」作為練習，便可以提出以下簡略的內容大綱：

- 如果你一定要成功，就能夠忍受失敗！
- 成功者有一種良性循環。
- 失敗者有一種惡性循環。
- 你想要哪種循環呢？
- 成功者的價值觀一定是清晰且持續的。
- 但成功也是一種取捨：trade off。
- 什麼都想要的人一定不快樂！
- 為了_____，所以_____。
- 因為_____，所以_____。
- 改變能解決一切問題！

👍 演說主題練習之三

現在以主題：「為什麼我一定能改變？」作為練習，便可以提出以下簡略的內容大綱：

- 要有理由！要有決心！要有熱情！
- 要充滿怒火！要滿懷Passion！
- 改變後會有什麼好處！
- 不改變的話會有什麼代價與損失？

・找出我一定能改變的十個理由！

演說主題練習之四

現在以主題：「為什麼我一定要改變？」作為練習，便可以提出以下簡略的內容大綱：

・信任、信心、信仰→寄情、寄物。

・無堅不催！攻無不克！

・世界會因你而改變嗎？

・社會會因你而改變嗎？

・環境會因你而改變嗎？

・如果改變不了外在，只好改變自己！

・成功的方法是六個字：

「改變」（要知道改變的程序）

「行動」（下定決心，只有行動才能改變命運）

「效果」（如果沒有效果，就換個方式再嘗試，總有方法可以取得效果）。

當你想要效果、結果，就一定要有行動，沒有行動，再怎麼思考都是白費力氣。

・複製

要能「找出典範」並模仿，只要找出證明為有效的方法或系統，複製就可以得到類似的結果。

演說主題練習之五

現在以主題：「用右手溫暖左手」作為練習，便可以提出以下簡略的內容大綱：

- 為何要用右手來溫暖左手？
- 如果你認為你是對的，你就該去做！
- 如果你有理想，切莫讓現實挫折了你！
- 如果你因為堅持自己而孤獨，你就該孤獨。
- 自反而縮，雖千萬人吾往矣！

Speech 15　演說講稿的擬稿技巧

　　演說必須要有明確的目的，才能確保演說前的準備工作具有針對性。作為講者，必須考慮到要傳達給觀眾什麼，是要傳遞訊息、還是要說服觀眾、激勵觀眾、娛樂觀眾，想要達成自己的什麼目的、想用什麼樣的表達方式等，才能讓演說產生意義。

　　演說的講稿是人們在工作和生活中經常會使用的一種文體，可以用來交流思想、感情，表達主張、見解，也可以用來介紹自己的學習、工作情況、經驗等等，具有宣傳、鼓動、教育和欣賞等作用。它可以將講者的觀點、主張與思想、感情傳達給觀眾或讀者，使他們信服，在思想和感情上產生共鳴。

　　當搜集與整理好演說材料之後，撰寫好大綱，就需要利用這些材料準備講稿，講稿一般的結構分為「開頭」、「主體」、「結尾」三個部分。由於演說是具有時間限制的空間活動，因此在開頭和結尾都有需要特別處理的技巧。

　　一篇好的演說講稿必須能實現：清楚的結構、有效的知識、嚴謹的邏輯與準確的用語。以下為演說講稿的基本架構：

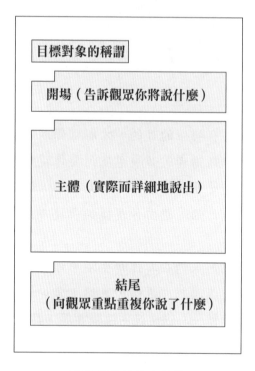

目標對象的稱謂

開場（告訴觀眾你將說什麼）

主體（實際而詳細地說出）

結尾
（向觀眾重點重複你說了什麼）

演說講稿的基本結構

🗣 觀眾人數的多寡

講稿內容的原則是適合講者與觀眾，因此首先我們應先了解觀眾的人數、組成與客觀的環境時間限制，觀眾人數將影響講者的內容和肢體語言的表達方式。當面對的是小於三十人的人數時，你的演說可以輕鬆一點，演說的途中可以與臺下的每一位觀

眾進行眼神接觸。當人數超過三十人，如果你想以分組進行的話，就可將他們分成小組。

當你要面對五十人以上的觀眾時，難度便會增加，你較難與每一位觀眾都進行到眼神的接觸，同時會需要使用麥克風，觀眾才能聽到你的聲音。

當觀眾的人數越多，就會越需要用一些吸引人的故事或案例來抓住他們的注意力，否則坐在越後面位置的觀眾會發現講者似乎不理會他的需要，可能也看不見他，便會覺得自己離開也沒關係。

💬 分析觀眾的背景組成

有些講者的演說主題並不適合他們的觀眾，所以演說發揮不了作用。因此，當你開始預備講稿時，你必須先認識你的觀眾，搜集有關觀眾的重要訊息，以確定大部分觀眾的相同點；預測觀眾對話題的興趣、了解程度和態度，以決定演說的內容；了解觀眾的規模和他們的態度，以制定演說的戰略。

例如：有多少人來聽演說、觀眾的年齡分布、教育程度、職業狀況、對演說主題的認知、是否熟悉講者等等，也可以事先了解組織或機構的有關背景，或者索取觀眾名單（如果有的話），講者並不是要調查他們的身世，而是這些因素會大大地影響他如何預先準備自己的講稿。甚至也可在現場入場時採用簡單的問卷調查，或者在演說開場之前與觀眾做簡單的交談。

演說的表達方式隨觀眾素質而調整，舉例來說：面對的是管理階層，你要多提出建議，少用說教或命令式的語氣，並用事實來支持你的論點；面對的是同年紀的族群，便可分享你的資訊和經驗，甚至可以和他們一起討論；面對的是年輕人，便可以向他們舉例說明，最好常使用「我們」來加強與觀眾的關聯性。

當面對的是某一類別的觀眾時，要特別談論他們關注的事情；當面對的是來自各方的觀眾時，在一開始便可以用適合他們的大眾化例子來吸引他們的注意力。講者可以透過認識觀眾的共通點來與他們建立起關係。

講者也需知道，現場有沒有一些重要人物在觀眾席上，有沒有政府官員或社會名流在內，然後有禮貌地感謝他們的出席。

👍 演講的時間掌握

前美國總統林肯曾被問及：「人的腿應該有多長呢？」他回答：「剛好能踏在地上就夠了。」那麼，講者演說的時間該要多長呢？剛好踏在地上便夠了。意思就是，達到目的便足夠了。

根據研究，在演說的不同時段，觀眾注意力的集中程度是不一樣的。以四十五分鐘的演說來說，在剛開始時，觀眾的注意力是相當集中的，在十分鐘之後注意力達到頂峰，接著便開始分散，在演說開始後的三十至三十五分鐘，注意力減退到最低點。當演說要結束時，注意力又再增強。

在整段演說當中，觀眾的注意力並不能夠維持整場，因此講

者演說時要簡明扼要，突出主題要點，並在一開始與過程中多次強調這些要點，最後時間也要再重複一次。

　　如果你的資訊可以在十五分鐘內說明完畢，那麼為什麼要說到三十五分鐘呢？是不是要表示你這位講者很有學識呢？是不是要表示你要用千言萬語來「感動」你的觀眾呢？是不是要表示你這位講者很努力呢？但是，事實上沒有人喜歡聽裹腳布又臭、又長的演說，即使你的演說很有趣，觀眾也會希望你趕快說完重點，早點結束。更何況是那些沉悶、無趣的演說，觀眾的心裡更會希望能早些結束。

　　可惜的是許多講者往往誤解了時間限制這個問題，一般來說，講者會有三十分鐘至一個小時的演說時間限制，於是經常會有講者將演說「拉長」到主辦單位所規定的時限，甚至視超時是常態，但是這樣做並不表示他們很有本領，很可能只是多說了些無益的話而已。

　　有一位受人歡迎的佈道家，他在每次演說之前都會請求上帝的引領，他會默禱說：「主啊，讓我的口說出有價值的話……當我說得太多時，請提醒我。」

　　很多時候，由於是別人規定了時限，你不能擅自決定自己的演說時間。但是好的演說的目的並不是為了塞滿時間，而是「把訊息傳達給你的觀眾」與「持續地抓住他們的注意力」。

　　當你在準備講稿時，別為了四十五分鐘的時限而預備了四十五分鐘的講稿，你得考慮其他因素，例如：演說的場合是為了什麼目的？在戶外還是室內？有空調嗎？參加的人數多還是少？最

重要的是，記住，在時限裡結束演說比超時要好得多了，聽一場沉悶、無聊的演說，總比聽一場沉悶、無聊、又冗長地不得了的演說還要好。

　　一般來說，會議的開會時間都會比預計的晚數分鐘開始，能夠按照時間表而開始的會議與課程非常少見。演說也一樣，會場的主持人會花費時間介紹你出場，在過程中你可能也需要花費時間分發講義、傳閱資料給觀眾，此外，你還要預留時間給觀眾提問問題，也就是「Q&A時間」。

　　記住，當你要說的話越多，花費的時間就會越長，而儲存在觀眾記憶裡的卻會越少。

演說的四種表達方式

　　演說分別有四種方式可以表達，也就是「照講稿唸」、「背誦講稿」、「即興發揮」、「有預先準備，不須講稿」。

照講稿唸

　　除非讀稿的人相當有技巧，能夠掌握到整篇講稿的抑揚頓挫，並且咬字清楚，否則照講稿逐字唸有許多問題，例如：當講者眼睛看著講稿唸時，他的眼神並沒有接觸觀眾，也不能引起觀眾的注意力，更容易讓觀眾感受不被重視。

背誦講稿

被譽為「美國學術和教育之父」的諾亞‧韋伯斯特（Noah Webster）是韋氏辭典的作者，據說他能持續演說3至5小時，更令人難以置信的是他能一字不漏地將講稿全背誦出來，而觀眾一點也不覺得無聊。當然，很少人具備如此的記憶力與演說功力。

這種演說法有一個普遍的問題，那就是講者的演說通常會令人感覺生硬，少了自己的感情。

專業的演說家由於對講稿內容相當熟悉，因此他們能依據不同場合的觀眾做內容上的調整。然而，這只有相當具有經驗的演說家才能如此「收放自如」。

背誦講稿的演說法最大的問題就在於當講者不慎被其他事物分散注意力時，就很容易忘了接下來的內容。若你想使用這種演說法，便要確實熟稔內容，否則很容易一步錯，步步錯。

即興發揮

「即興發揮」的意思是不需要準備或者使用很少的時間準備，這是相當需要經驗與才能的演說方式，對一般人來說，不建議使用此種方法。

然而，在職場與生活中，其實一般人會有很多機會在沒有準備講稿的情況下，需要進行即興演說，你或許會知道自己該說些什麼，你該學習的便是「如何才能表現得更好」。

即興發揮的演說有兩個技巧，也就是「你的觀眾要能相信你

在傳達的訊息」和「你要簡單而直接、富有感情地說出來」。

當你有機會做即興演講的時候，首先可以將你過去的經驗排列組合起來，成為一篇講稿，這能使你發自內心地表達。接著，必須充實你的內容和句子，使敘述連貫、不間斷，並且避免有口語的「嗯……」、「對……」、「然後……」、「啊……」等贅詞，雖然在沒有準備的狀況下，要能一直說出清楚且有內容的句子並不容易，然而這卻可以藉由經常的練習而達到。

當講者要回答觀眾的問題時，可以利用幾秒鐘的時間來思考如何回答，並不需要立刻直接回答。一開始時，說幾句開場白，讓自己有時間去整理思維和過去的經驗，並提出幾個範例。在演說時要看著觀眾，並且要非常注意不要因太過即興而離題。

在結尾時，請用較簡潔的話來做一個總結，要非常注意時間，別無止盡地說下去。

有預先準備，不須講稿

多數講師都使用這種演說方法，這和即興發揮的不同在於，它需要講者有事先的充分準備，並將演說大綱記錄下來，預先做練習。但在演說時，講者可以按照大綱視情況發揮。

這種方法可以讓講者有更大的自由可以決定自己的思維和用語，更直接地表達自己的觀點。此外，當使用這種方法演說時，觀眾會感受到講者非常自然，講者可以隨時增加自己的觀點，不受講稿內容的限制，更能與觀眾有眼神上的接觸，使得演說的效果非常好。

演說講稿結構的「開場」

每一位講者都希望在開場時就能牢牢抓住觀眾的目光，建立起與觀眾之間緊密、和諧的關係。希望觀眾在聽完開場之後，心裡會想著：「我還想聽下去……」其實要贏得觀眾的興趣並讓他們產生想繼續傾聽下去的想法，其實非常簡單，那就是「讓你的開場很精彩」。

演說講稿的開頭就是開場白，有非常重要的作用。好的講稿一開始就應該使用最簡潔的語言，並在最短的時間內將觀眾的注意力吸引過來，如此才能確保觀眾對後面的內容感興趣。這裡提出在公眾演說中應該避免的三大錯誤開場白：

錯誤開場白之一：不斷地道歉

有的講者的壞習慣是一上臺就開始向觀眾表達歉意，然而不斷地道歉是最糟糕的開場白之一，例如：「大家好，非常抱歉我遲到了……」、「很抱歉，我現在很緊張，如果說不好，還請大家見諒……」等等。

你認為這些話對觀眾有幫助嗎？完全沒有。我從當補教老師開始，到近年轉做成人培訓課程，也一共近三十年了，我從來沒有遲到、早退過，但是我卻經常看到許多老師在遲到之後，拼命地向學員、觀眾道歉，說明自己為什麼遲到。然而這是沒有意義的，因為他忽略了觀眾想知道的並不是為什麼遲到，而是希望老師可以盡快開始課程或演講內容。

觀眾不會希望聽到講者的藉口和道歉，即使他們沒有表現出來，而講者也沒有資格浪費觀眾的時間，因為觀眾多半是帶著期待和熱情才來聽你的演說，別在一開始就帶給他們不幸的消息。

講者為自己存在的一些問題感到不安，這是很自然的事，但是你沒有必要在一開始就說出來，讓聽者對你的話題感到信心之減少甚至失去耐心。

錯誤開場白之二：消極、否定自我

最糟糕的錯誤開場白之二，就是消極、否定自我，這也是一種「自殺式」的開場白。

例如：「但願大家聽我的演說不至於浪費時間，但是我的確沒有準備充分……」也許你想透過這種「表白」來求得觀眾的諒解，因為你的確「沒有準備充分」，又或者是一種個人謙虛的表現。

但是你的這番話，不但是在自我否定，同時也否定了臺下的觀眾，因為他們會認為你想表達的意思是：「你們不值得我做足準備……」而這種開場白的結局如何，可想而知。

當然，你也可以是那一種明明準備得很充分，卻假裝沒有準備好的那種講者，有許多電視節目都是這樣設定的，當主持人隨便cue了一個人來說幾句話，其實那個人早就已經準備好了，他卻可以說：「我沒什麼準備……」在最後卻表現得很好，讓觀眾反而認為講者深藏不露，得到出乎意料的結果。

錯誤開場白之三：表示演說主題很困難

　　無論你選擇什麼樣的主題，無論主題內容如何的棘手，都請你別對觀眾說：「我對這個主題不是很熟悉……」、甚至是「我對這個內容感到力不從心……」。

　　你是否害怕在演說中出現錯誤，被權威人士笑話？既然你已經選擇了這個主題，那麼這就一定是你熟悉的範圍，除非你的講稿是別人替你準備的。

　　講者說這些沒自信的話，將有損演說的說服力。既然你選擇了這個主題，就信心百倍地告訴觀眾，就你所說的主題領域，你就是權威！

　　因此，你的講稿最好自己擬，當然也可以找別人代寫，前提是你必須研究清楚內容，千萬別落得自己都不曉得自己在說什麼的下場，那可就鬧笑話了。

　　例如：二〇一六年藝人王大陸發生了「大平臺」事件，出糗影片在網路上被瘋狂轉發，起因就是記錯、背錯了臺詞，造成了不知所云的「笑」果。（註：藝人王大陸於二〇一六年在香港的南韓音樂大獎「MAMA」典禮上的致詞為：「在這個舞台上，會給你們帶來各位滿滿的大・平・臺！」，由於太過不知所云而讓「大平臺」意外成為流行一時的爆笑網路用語。原本活動單位準備的講稿內容為：「這個舞台將成為各位回憶美好初戀的一個平臺」。）

好的開場

　　好的開始是成功的一半，跟所有的演出活動一樣，講者一出場就要讓人留下深刻的印象，第一印象是非常重要的。從心理學的角度來看，演說剛開始時的十、二十分鐘內人們的注意力最集中，因此，開場白當然在演說中占有重要地位。

　　如果開場得不好，觀眾的注意力便會分散，講者很難再引起他們的興致，並且好的開場白能加強講者的自信，當講者發現觀眾期待聽他說話時，有什麼能比這樣的反應更能鼓勵他繼續說下去呢？其實，任何的演說最困難的部分就是開場，如果在開始時一切順利，之後便一定沒有太大的問題。

　　在開場時，要注意的重點為：

能吸引觀眾注意力

　　讓觀眾知道你的主題與他們有關，如此便能有效吸引他們的注意。

用有趣的話讓觀眾驚訝

　　例如：「去年的今天，我跌到了人生的谷底……」來吸引觀眾聽下去。

以提問的方式開場

　　也就是在開頭就設置一個懸念，以吸引觀眾的關注與思考，

使觀眾從被動變為主動。例如，有一篇講稿的開場是這樣的：

「各位年輕朋友，如果在你的面前，現在同時出現了金錢、愛情、知識、名譽，你會選擇哪一樣呢？」這樣的開頭引人深思，為演說的精彩打好了基礎。

以幽默的方式開場

以幽默的方式開頭，往往妙趣橫生，讓觀眾在輕鬆、愉快的氣氛當中開始聆聽演說內容。

例如，胡適在一次演說時，這樣開頭：「我今天不是來向諸君作報告的，我是來『胡說』的，因為我姓胡。」話音剛落，觀眾哄然一笑。胡適的開場白巧妙地介紹了自己，也顯現出他謙遜的修養。

又如，臺灣著名主持人凌峰於一九九○年參加中國央視春節聯歡晚會時，還不被多數人認識，但在他說完妙不可言的開場白後，一下子就受到了熱烈的歡迎。他說：「在下凌峰。我和文章不同，雖然我們都獲得過『金鐘獎』和最佳男歌星稱號，但我以長得難看出名……一般來說，女性觀眾對我的印象不太好，她們認為我是人比黃花瘦，臉比煤炭黑。」這一番話令觀眾捧腹大笑，給人們留下了坦誠、幽默的印象。

不久，在「金話筒之夜」文藝晚會上，凌峰又來了。只見他滿臉帶笑地對觀眾說：「很高興又見到了你們，你們很不幸又見到了我……」觀眾報以熱烈的掌聲。至此，凌峰的名字傳遍四方。

我們可以看出，幽默是講者與觀眾之間溝通的最有效手段之一，它能快速縮短講者與觀眾的距離，同時又為講者籠絡了更多的支持者。

以交代背景的方式開場

透過交代發表演說的背後歷史條件及各種聯繫的開頭，讓觀眾更好瞭解演說的內容。

例如，一九四四年，前英國首相邱吉爾在美國度過耶誕節時，以這樣的開頭發表了一場演說：「……我今天雖然遠離家庭和國家，在這裡過節，但我一點也沒有異鄉的感覺。我不知道這是由於本人的母親血統和你們相同，抑或是由於本人多年來在此地所得的友誼，抑或是由於這兩個文字相同、信仰相同、理想相同的國家，在共同奮鬥中所產生出來的同志感情，抑或是由於上述三種關係的綜合。總之，我在美國的政治中心地——華盛頓過節，完全不感到自己是一個異鄉之客……」

邱吉爾的言語樸實卻情感真摯，在第一時間就拉近了英、美兩國人民的關係，也為他的演說有了一個好開頭。

以小故事的方式開場

一九六二年，八十二歲高齡的麥克阿瑟將軍（Douglas MacArthur）回到母校西點軍校。在授勳儀式上，他即席發表演說，他這樣開頭：「今天早上，我走出旅館的時候，問道：『將軍，你上哪兒去？』一聽到我說西點時，他說：『那可是個好地

方，您從前去過嗎？』」

這個故事情節極為簡單，敘述也樸實無華，但蘊含的感情卻是深沉的、豐富的。開場白需要的小故事，最好不要太長，也不要太複雜，最好在兩分鐘內說完，而且能銜接你要說的主題。

此外，還有「運用有說服力的數據」、「引用名人或專家的名言佳句」、「表演藝術」、「請觀眾舉手投票做調查」等，你也可以記錄自己曾看過的演說範例，作為自己的「開場資料庫」，再依主題來選擇運用。

如果你是主持人

如果你不是講者，而是主持人，那麼介紹講者出場的時間就不需要太長，大約一分鐘至兩分鐘內即可。

如果要你介紹美國總統，相信你只需要說：「各位好，我們很榮幸地邀請到美國總統為大家演說……」因為沒有人不認識他，如果你多作介紹，反而不適合。然而，多數時候並不是所有人都認識你所要介紹的講者。

因此，在介紹講者時，你必須做到：替講者炒熱氣氛、激發觀眾對主題產生興趣、製造一種賓至如歸的氣氛，增加講者的公信力等效果。

一個好的開場白能減輕講者的壓力。通常你的開場白可以是：「今天請來的演講者，對主題有相當的認識，因為他是……」接下來，你會介紹「講者的資歷」，之後介紹「當天的主題」，通常都是依照這樣的模式。

在此之前，你要確認講者的資料完全正確。除非你有他的資料檔案，可以照著大聲讀出，不然最好在介紹他之前，先取得有關他的正確資料。其次，你要因應不同場合來介紹講者。同一位講者，在正式場合就要用比較正規的方式介紹，在非正式的場合，就可以用較輕鬆的方式來介紹。

或者可以依照觀眾的類型來介紹講者，就像你會按照觀眾的類型來設定主題一樣。你的目的是要他們真的產生很想聽講者演說的心情。如果觀眾不太認識講者，你就可以介紹講者的一些顯著成就來提升他在觀眾面前的權威。如果你向一群長輩介紹一位講者，你便要用長輩能夠明白的話來介紹，而不能用你在學術聚會上向專業人士介紹講者的話來向他們介紹。

最後，你可以製造神祕氣氛，讓觀眾期待講者的出現。你可以先介紹主題，最後才說出講者的名字。即使觀眾認識講者是誰，你也可以先賣個關子，最後才介紹講者的名字。如果觀眾太熟悉講者，你可以先和講者溝通，事先準備一些不是所有人都知道的資料，在他的同意下，在介紹他的時候透露這些資訊，讓觀眾對他產生一種新鮮的感覺。

即使介紹講者的時間不多，你也應該事前把介紹內容大綱寫在紙上，練習一次，特別是你要使用賣關子的方式介紹他時，可以使用以下的說明順序：

主題（topics）

今天的演說主題是什麼？

重點（important）

為什麼這個主題很重要？

人（speaker）

這一位講者有哪些理由和資格等來為各位演說這個主題？

例如：「今天的主題是『教導大家如何賺大錢』，為什麼這個主題很重要？相信我不用多說，每個人都明白錢的重要性。那麼由誰來說呢？有些股票老師是自己賠錢了，還教人操作股票，這樣子怎麼會有說服力呢？但是今天來分享的這一位不得了了！他賺了很多錢，也存了很多錢！今天的講者就是亞洲八大明師首席的王擎天博士！王博士是臺大經濟系畢業，臺大經研所、美國加州大學MBA、統計學博士，是臺灣成功學大師、行銷學大師，對企業管理、個人生涯規劃及微型管理、行銷學理論及實務有相當成功的實務經驗，在海峽兩岸創辦並成功經營著十餘家公司。現場的觀眾非常幸運，有緣來聆聽王博士的智慧分享……」

你的最後一句話可以是：「讓我們一起歡迎○○○！」當你說完這句話之後，便可以鼓掌歡迎，並站在講台上，等待講者來到臺前。當他站在臺前之後，你便可以和他握手，然後自然地退回自己的座位。

🗨 演說講稿結構的「主體」

主體演說的內容，以及其中的論點是否令人信服，都決定了

演說品質的好壞。演說的內容有詳細、有簡略的，篇幅上有長、有短的，如此才能使演說顯得有重點，不會因為觀點只是蜻蜓點水似的而讓觀眾沒什麼印象，也不會因為太過長篇大論而讓人覺得厭煩。

演說講稿的重點在於，要讓觀眾了解使他認為重要的資訊，或是希望能藉此成交觀眾的訂單，或是期望觀眾能在行動中執行與大力推廣自己的觀念，這些都隨著演說內容的不同而各有所異。

如果在講稿的一開始就提出了重點，那麼在主體的部分就得要進一步地加以詳細闡述，否則演說一結束，觀眾也就把重點忘了。

講稿的主體就是中心內容所在，一篇講稿是否內容充分、論證嚴密，主要就看演說的主體講得如何，一般的要求有：

結構簡單

內容結構不能太複雜，因為演說是透過言語傳達給觀眾的，太複雜的結構會讓觀眾失去耐心，因此講稿不宜寫得過長，適可而止。可使用最簡易的「What」、「Why」、「How」，循序漸進的說明。

由淺入深

由小範圍拓展到大範圍，可以增加文章的廣度、深度，如果應該有層次卻未能表現出來，就容易使內容凌亂。例如：從「個

人」到「家庭」，再從「社會」到「國家」。

突顯主題

可以運用多種立論的根據、名人觀點，來證明中心的論點，多層次之間要靠邏輯關係聯繫起來，而且次主題之間注意要自然地連接起來才好。

具體、生動

內容不能只是平鋪直敘，或是羅列數據，而是要運用技巧，使敘述富有變化，因此應選擇具體、生動的內容素材，別淪為空洞、古板的說教。

正反論證

要避免一味的贊成或否定，可以有正面論述、反面論述，讓講稿更有說服力，也可顯示講者的立場公正。

提出相關主題

講者可以帶出主題的相關議題，可以使內容更加延伸，但要避免牽扯過多造成了離題。

文體交錯

講稿可以論理、抒情，敘事中說理，說理中帶有感情，除了要有豐富的內容，更要能打動人心，理性與感性並重。

在演說過程中，要注意始終圍繞著主題，少離題。有時，我們需要根據觀眾的情況和現場的氣氛，對演說的重點、順序、表達方式進行適當的調整，使一切行動都圍繞著主題而展開。

演說最理想的就是：講者最注重的內容也正是觀眾印象最深、感觸最多的那一段。在重點的表現上，「集中」是一個方式，也可以「分散」在全篇講稿各個部分當中，使之層層展開，但必須做到「形散而『神』不散」，也就是主旨仍要貫穿全文，重在「劍意」而非「劍招」！

💬 演說講稿結構的「結尾」

好的演說絕不能虎頭蛇尾，想達到完美的效果，漂亮的結尾也很重要。有了精彩的開場白和中段主體的論述，接著若能有一個整合性的結尾，就能為此次演講畫下完美的句點。

許多演說家的演說非常好，但卻被過度冗長、無趣或者離題的結尾給破壞了。你所選用的結尾必須能讓觀眾將你的主體觀念「帶回家」，使他印象深刻。

多數觀眾對於類似的主題其實已是聽了又聽，早已有了既定的想法。當然，文無定法，結尾有各種方式，中規中矩的演說不會有太大的問題，但難免會落入窠臼，了無新意。一般的演說結尾若使用「前後呼應」、「要點歸結」，就能發揮不錯的效果。或者「整理重點」、「告知觀眾該如何行動」、「最後說一個故事」來結束演說，也是常態。

　　然而如果要為自己的演說加分，不落俗套的話，更關鍵的就是「另出新意」。最快速的方法是更新狀態、吸收新知，例如：關注報章雜誌、電視新聞和節目、現在正流行的事物、社會現象等，都是講者要注意的情搜範圍。

　　你可以說：「總結就是……」、「最後一點……」、「最後我要說的是……」讓觀眾知道你的演說即將結束。

　　如果要以名言佳句作為收尾，可以加入自己的構思或心得，例如：「雖然大家都說『天助自助者』，但以我的經驗會想補充：『正面思考（緊扣主題）』也是助你達成目標的關鍵因素！」如此能讓觀眾在既有的印象上，對你的演說更加深印象。

　　也有的方式是在最精彩時，立即以簡潔、有力、感人的話語來迅速結束，是一種言已盡而意無窮的境界，能讓演說留有餘味。

　　除了講稿內容一定要言之有物之外，音調的高低、手勢的配合、儀態的表現、眼神的交流等，也都是講者表現的一部分，在後續的章節將有詳盡的解說。

演說使用的視聽輔助工具

你知道嗎？一幅畫勝過了千言萬語，因為人類獲得的知識有 83％是來自視覺所見。據美國愛荷華大學副教授艾米波倫巴表示，大腦並非是將所有感官輸入的刺激摻雜在一起以形成記憶，舉例來說，聽覺形成記憶的方式與視覺和觸覺不同，這使得記憶保存的時間有長短之分。

如果學校老師希望學生記得上課內容，就不能只是講課，而是應該提供學生在「視覺」及「觸覺」方面的記憶點。因為大腦對從不同的感覺器官輸入的訊息有著不同的吸收程度，一般情況下，大腦對視覺的訊息吸收率最高，達到 83％；對聽覺的吸收率為 11％；嗅覺為 3.5％；觸覺和味覺輸入訊息的吸收率最低，為 1.5% 和 1%。

從記憶的效率來看，從聽覺獲得的知識，三小時後能記住 60％，三天後記住 15％；從視覺獲得的知識，三小時後能記住 70％，三天後記住 40%；視覺、聽覺並用獲得的知識，三小時後能記住 90％，三天後可記住 75％。

因此演說時若能適時、適當地利用視覺輔助工具，觀眾便會覺得講者的資訊有趣、易懂，且留在腦海裡的時間較長。例如：在投影布幕上秀出圖表說明等，視聽工具的優點就是

使人更清楚而具體地知悉你所要表達的訊息。

如果你正討論一件物品，盡可能就把那件物品拿出來擺在舞台上，人們便會明白你說的是什麼。現在已是視聽資訊的時代，電視、手機、平板電腦等 3C 產品到處都是，這樣的環境使人會有一個基本期望，也就是在演說中可以看到一些視聽影像。

視聽工具也能使演說變得更有趣、更生動，觀眾會認為講者是有備而來，具有專業，值得信賴。反之，講者沒有運用視聽工具，即使他說得再生動，觀眾的反應可能也會不如預期。也就是說，只要在演說中加入視聽工具的輔助，往往就能立即提升觀眾的注意力和講者的說服力。

前美國總統雷根（Ronald Wilson Reagan）就不斷在演說中使用小道具以引人注目。例如一九八四年，當雷根發表國情諮文時，就抱著一疊國稅局的表單與條款，他幾乎無法抬起這一大堆的文件。雷根做這個舉動在於想要讓民眾知道稅制法規的複雜性，必須加以簡化並改革，而觀眾也能馬上理解他想說的重點。

使用視覺輔助工具時需注意的事項

現代可以運用在演說上的視聽工具很多，例如：內容中實際提到的物品、模型、照片、圖表數據分析、影片、簡報PPT等。雖然加入視覺輔助工具能有效強調講者要傳達的訊息，然而如果

講者缺乏恰當的運用技巧，反而容易使觀眾分心，影響演說呈現的效果。

以下為講者使用視覺輔助工具時需注意的事項：

簡報 PPT 勿長篇大論

簡報PPT作為一個輔助工具，發揮的是「提綱挈領」和「重點強調」的作用，因此務必別在簡報PPT上秀出一大段的文字。

圖片與文字以簡潔、清晰為原則

所有在演說上使用的圖片與文字都是為方便說明而使用的，因此一定要遵循簡潔、清晰的原則，千萬別花俏和冗長得使人生厭。

使用影像時，才秀出畫面

準備好要說明影像內容時，才秀出畫面。許多講者經常在演說尚未開始時，就先打開投影機做預備動作，導致觀眾不是看著亮著光、卻沒影像的螢幕，就是看到的影像還和開場白毫無關係。

正確的做法應該是事先確定影像都已準備妥當，隨時都可以播放，直到演說需要影像的輔助時，才讓觀眾的視線集中在影像上。並且一旦說明結束，就立即將影像關掉或移開，例如：可以蓋上投影機的蓋子、把電腦螢幕關到極小化，或是擦掉黑板、白板上的字，都能達到類似的效果。

事前準備視聽工具

無論你想使用什麼形式的視聽工具，都一定得事前準備，如此你便能有足夠的時間和素材來製作吸引人和有創意的輔助教材，使演說更加生動。

任何圖像都從基本開始說明

當秀出圖像時，一律先簡單講解，再做詳細的說明。

許多講者經常一看到圖像出現了，便開始努力解說其中各個關鍵的重要性，然而卻忘了觀眾可能根本還不明白圖像中的基本意義，例如：X軸、Y軸各是代表什麼意思。

細心的講者會先說明圖表中各欄、各列、各軸的意思，讓觀眾先具備基本的概念，再做進一步的說明。

用自己的話解說

當進入到重點或列表時，要特別指引並說明意義。當場地較小時，可以用手勢引導觀眾該注意的地方；場地較大時，就可以利用解說棒、雷射筆等工具作為指引，並用自己的話來解說重點，別看著影像而一字不漏地照唸講稿，這是令人感覺敷衍的作法。

解說新的重點之前，先提醒

當要進入新的重點時，可以適時地提醒觀眾，如此可以讓觀

眾知道演說即將有另一個重點，以拉回他們的注意力。例如，你可以說：「我們已經看到新的網路媒體行銷方式所能帶來的好處，接下來我們可以檢視最可行的網路行銷方法有哪些……」，然後才放映相關的影像畫面。

避免用寫字來說明

避免使用黑板、白板或任何的寫字板做說明，因為當講者要顧慮在寫字板上畫圖或者寫字時，就會增加他的時間與負擔，並且此時的動作會背向觀眾，所以請儘量避免這種作法。

圖片、文字要足夠清晰

確保視聽教材的圖片、文字的大小足夠清楚，有些講者的個人習慣是圖片和文字都放得很小，但是如果觀眾很難看清楚你的資料，就等於沒有效果。因此要確保後面的觀眾都能看到清楚的圖文呈現。

別讓電腦問題影響演說

電腦可以製作許多有創意、令人留下深刻印象的圖像、影音等資料，然而要注意的是，當講者利用越多這類型的工具時，就越會需要處理技術上的問題。有些講者處理電腦問題的時間已經影響了他的演說時間。

演說之前熟悉視聽設備

熟悉視聽設備，也就是事前學會操作會使用到的相關器材，以確保屆時可以從容地展示相關資料。

有餘裕可提供講義

多數的講者都不會發講義，但是觀眾多半喜歡可以帶走的講義，因此有準備講義的講者容易受到觀眾的歡迎。一般來說，有講義提供給觀眾的講者通常能獲得較高的評價。

講義到最後再提供

避免先發演說內容講義，如果在一開始就發講義給觀眾，那麼他們有一段時間便不會留心聽，因為他們正埋首閱讀而不聽你說話，因此最好是在演說完之後才發，但要先知會觀眾你會在結束時發講義。否則，他們會在過程中抄寫筆記，最後知道你有提供講義，便會覺得自己白費時間。並且，你要準備足夠數量的講義，否則部分聽眾會因拿不到講義而不高興。

目光經常回到觀眾上

許多時候，講者會將注意力過度集中在視聽教材上，因而忽略了觀眾。要記得保持目光在觀眾上，才能知道他們對教材的反應。在規劃圖表內容時，你可以藉此問觀眾：「你們同意這張圖的內容嗎？」講者要面對的是觀眾，不是螢幕或設備。當你看完

螢幕上的資訊後，就得盡可能繼續面對觀眾。

視聽教材有很多優點，能引起觀眾興趣、集中注意力、增加他們對主題的瞭解、減少冗長的解釋、引發一連串的思考等，請多適當運用這類型的呈現方法，才是一場現代化的演說。

講台與麥克風的使用要點

多數初次演說的人都喜歡站在講台後方，他們將講台看成安全的城牆。在某些情況下，講台是有必要的，但有一個理由可以不使用它，那就是講者已經知道如何在觀眾面前建立權威感和贏取他們的信任時，講台此時就會減低講者在這方面的效果。

觀眾透過非言語的溝通能記著講者55％的資訊，但是一個身材較矮小的講者會被講台遮住他大部分的身體，即使講台的底座有高一些，但是觀眾只會看到他的臉，他就不能有效表現出肢體語言的效果。

因此如果可以，盡量不要使用講台，不用講台的講者與觀眾之間少了這道牆，讓人感覺講者有自信及專業。不過，如果你仍然想使用講台，有以下幾點需要注意：

．演說前，檢查講台的高度，如果你的身材較為矮小，就需要一個站立的臺座將你墊高。

．演說時，不要將整個身體靠在講台上，多數的講者一靠近講台，便會過度放鬆，使姿勢逐漸懶散，而不良的姿勢會使人對你不信任。

．別把雙手放在講台上，因為你的手需要用來翻演說大綱和

做輔助手勢。

．當講者運用麥克風時，記得提高麥克風與音響設備的音量，這能幫助講者更清楚地與觀眾溝通。

．是否需要運用麥克風，端看主題的重要性、場地的大小和出席的人數。多數演說的場地都會提供這些設備，如果出席人數在四十人或以上，建議就一定要使用麥克風了。

記住，當你利用的器材越少，便越不會碰到器材出問題的狀況。如果有必要使用麥克風，就需要注意以下幾點：

．無線麥克風最為理想，講者可以將它扣在衣領上，雙手可以做其他事情。但是如果拿的是手持式麥克風，很容易會影響到講者的演說，一般歌手才適合使用手持麥克風，因為他們只是唱幾分鐘的歌曲。麥克風有重量，當講者疲倦時，便容易把手垂下，麥克風便不會正對著嘴巴，便影響觀眾聽到他的聲音。同時，麥克風也會影響講者的姿勢、使用投影機和翻閱演說大綱的流暢度。因此，最好可以將麥克風放置在麥克風架上，如此便能解決問題。

．演說之前，要記得調整麥克風的高度和聲音的大小，按照講者的高度來調整，如果有人在你演說之前使用過，你就必須在開始演說之前，再調整到適合自己的高度。當你說話時才開始調整麥克風，會轉移觀眾的注意力，而不是留心聽你說話。

．如果你使用麥克風，就要把它移近你的嘴巴，這樣聲音才會大，觀眾也才聽得見。重點在於不要讓觀眾覺得你「怕」麥克風，如此會影響對你的印象。

‧別讓麥克風遮住你的臉，或者妨礙你與觀眾的目光接觸，最好將麥克風放低超過你的臉，如此觀眾可以看到你的表情。

‧麥克風不能把你的聲音變得好聽，它的功能只是把你的聲音擴大。有些字的發聲透過麥克風會產生刺耳的聲音，所以要低聲地說。此外，翻紙的聲音、咳嗽、清痰的聲音等也都會被放大音量，必須要注意。

‧如果可以不使用麥克風的話，就盡量不用，這樣能省去很多麻煩，也讓你不受它的限制，更能自由表達。

‧如果在演說的時候，麥克風突然沒電、故障，你可以直接暫時停止，找場地負責人或是音控人員處理。此時要避免不斷地拍打或口吹麥克風。當狀況解決之後，你便可以說：「我相信已經沒問題了。我們繼續談到……」然後繼續演說，不必為此事道歉，因為問題已經解決。

演說中的語調
和肢體語言

如何說得悅耳、動聽、吸引人？

　　講者所傳達出來的資訊，有 38％是經由聲調表達出來的，使觀眾判斷繼續聽或者是不聽。聲調的地位僅次於肢體語言的 55％。除了文字內容，講者的聲調、音量、音色、說話的速度、停頓的次數、吃螺絲的程度、表達的情感等，都會傳達出不同的訊息感覺。

　　因為文字內容是僵硬的，觀眾是否接受講者的內容，端看講者如何表達。例如：有些演說充斥著不切實際的內容，和現實有過大的差距，令觀眾不能信服；或者是講者認為自己的演說非常精彩，然而，觀眾卻聽不懂他在說什麼；又或者是講者的用詞不夠嚴謹，因此被觀眾誤解等等，許多狀況都是由於講者的言語表達不夠準確而造成的，因此在前面階段的撰寫講稿時，布局要能恰當地起、承、轉、合，並注意、搭配說話的各種技巧，這就非常重要。

👍 說話的速度與音量

　　說話的速度會影響人們表達資訊時，對方的理解程度。一般來說，一個人平均一分鐘說上一百八十個字至兩百個字之間，說

話較慢條斯理的人一分鐘約是八十字至九十個字,而說話急促的人一分鐘會說超過兩百個字以上。人們的聽力一分鐘約是四百五十個字至六百五十個字,也就是說,當人們在聆聽的時候,頭腦運轉的速度比說話的時候快了二至三倍。

換句話說,如果講者的說話速度一分鐘超過六百五十個字,觀眾就可能來不及聽清楚他在說什麼。說話快的人通常具有較佳的表達力和說服力,但是聽得慢的人卻很容易會因為聽不懂而產生煩躁感,並且太急促會令人感到不安;同樣地,說話太慢的人會讓人感覺他似乎有些懶散和漠不關心。

兩者相比較,講者的說話速度快會比較好,因為說話快可以展現出他的思考力、領導力都很優秀,給人幹練的感覺;說話太慢則讓人感覺沒有衝勁,好像內容也無關緊要似的,考驗著對方的耐心。因此,理想的說話速度最好是不急不緩,讓觀眾產生興趣繼續聽下去,但也不會過快使他們感到急促。

說話的音量可以使人感到舒服,也可以使人煩躁。大聲的呼喊可以使人精神一振,輕柔的聲音可以使人進入情境。講者可以透過他們的聲音來傳遞愛、關懷、溫暖,或者是冷漠的訊息。

我們需要花功夫來改善不良的演說習慣,例如:說話音量太小、有氣無力;說話音量過大、刺耳難聽。「說話聲音太小」反映出講者的自信不夠,或者發聲的力道不足;「說話聲音太大」可能是本身聽力受損,或者長期處在吵雜的環境中養成大聲說話的習慣而不自知。如果聽力上沒問題,就可以透過刻意調整來降低音量。

好的說話方式是音量適當，語調有好的高低起伏，速度不急也不緩，這能顯示你對內容信心十足。聲音要有力，才有說服力，你需要努力練習說出悅耳的聲音，可以藉由「錄音自聽」與「說給別人聽」來反覆練習，改善音量與速度的問題，使觀眾聽得舒服，還能同時從內容中得益。

🗨 說話的清晰度與準確度

有些人說話時就像是嘴裡含了一顆滷蛋，每一個字都黏在一起，讓人聽不出具體的字、詞、句是什麼。你可以發現這類型的人在說話時，嘴唇似乎都不怎麼會動，因此造成了咬字不清、說話含糊的狀況。

或者是有些人說話會有「拖尾音」習慣，這是一種撒嬌時用的說話方式，難登大雅之堂。在公眾演說當中不適合拖尾音，必須要改善。

說話含糊不清的人很少能打動別人，因為他們幾乎說不出什麼人家聽得懂的重點。所謂的「訊息傳達」就是「交流」和「溝通」，如果咬字或發音已經不清楚，又該如何交流、溝通呢？

咬字清晰、發音純正是演說的基本要求，如果講者在說話時咬字不清、發音不標準，那麼在傳遞訊息時就會遇到困難，除了影響自身形象，最嚴重的可能是造成言語理解上的誤解。

造成說話發音不清楚的原因可能是個人習慣，也可能是身體上的某些問題，如果是身體的相關問題可以找牙醫或者外科醫生

來調整。但如果是自己的習慣所導致，就只有靠自我審視與逐步的修正，才能改掉長期以來的不良習慣。至於在說的過程中動不動就「清喉嚨」的習慣，會干擾聆聽，讓人覺得煩躁，這也表示喉嚨不健康，應該尋求醫生治療。

那麼，我們該如何糾正模糊不清的說話方式呢？

嘴巴放鬆與張開

說話時嘴巴一定要放鬆、張開，上、下齒之間要保持出一定的距離，而不是像兩列玉米一樣緊緊靠在一起，否則不好發出清晰的聲音。說話時要把嘴型做到完全，把字音發完整，並保持有意識地把聲音送出去，聲音就不會不清不楚。

將音頻拉高

如果習慣性用低音頻說話，就會給人無精打采的感覺，並且內容不清晰，使人聽起來昏昏欲睡。你可以嘗試說話時盡可能拉高自己的音頻，就能使聲音變得洪亮、有朝氣。

朗誦文章

你可以藉由大聲朗誦一段文章來做練習，注意要將每一個字、句發音清楚，發出字正腔圓的聲音來，練習時間久了，就會有所好轉。

此外，發音咬字清楚的話，才能說話快，咬字不清楚的話，就得說話慢。同時聲音要足夠有力，才能讓觀眾聽得清楚。

📢 說話音調的抑、揚、頓、挫

音調可以是溫柔、刺耳、威嚴，或是有相當的抑揚頓挫的，優秀的演說家能隨著他所要強調的重點而改變其說話的節奏。有些講者的演說很流暢，聽來舒服；有些講者則相反，結結巴巴、斷斷續續，使人感到不安。

演說時，平鋪直敘是大忌，在解說時要有跳躍、有笑點、戳痛點等起伏變化，有時要高昂，有時須低沉……也就是語調要能引起共鳴，要有抑、揚、頓、挫，有些內容可以帶過就好，有的內容就需要一再強調。

身為講者，我們演說的目標就應該要清楚、具有說服力和能達到最大目的（宣揚理念或是成交），因此必須提起精神，從開始到結束的每句話都要咬字清楚並且節奏鮮明。

📀 說話內容口語化

想要說話流暢，就要口語化，用自己的話來說明想傳達的資訊，避免咬文嚼字，才能使訊息的傳達更親切、更有效果。

📀 說話速度先放慢

首先，將說話速度先放慢來練習，並且用丹田發聲，在說到關鍵的地方稍微用力加重，就能立刻讓人明白重點在何處。

◎▌誇大表情與嘴巴動作

試著誇大臉部表情、嘴巴動作和肢體動作，你會發現，只要嘴形誇張一點，就有立即改善的效果。

◎▌充滿熱情

充滿熱情也是提高演說流暢度的一種方法，你可能有注意到，當人們激動時，說話聲音會變高、變大，並且語速會變快，言談似乎更流利。

在演說時，要用你的熱情感染觀眾，帶入你的情緒，想像自己就是個經驗豐富的演說家，要充滿自信地大聲演說。甚至可以呼喊，即使只是一個振臂一呼，傳達出的力量都是巨大的。此時，臺下的觀眾，每個人的眼神和表情都會隨著你的熱情而激動。

◎▌掌握三種節奏類型

因為重音、停頓、速度和抑揚的排列組合不同，演說中便會有三種不同類型的節奏：

明快型：感情脈絡平穩，語調變化小，語氣平和，中速或稍慢，重音和停頓較少，多用於敘述一件事，說明理論。

凝重型：抒發沉思、悲傷、激憤的情感所使用的一種節奏，多用於抒情性演說。

激昂型：抒發激昂、喜悅、憤怒、緊張等多種感情時所使用

的節奏。語調高揚，大起大落，語速快，節奏流暢，音色明亮，重音與停頓較多。

這三種類型的節奏可作為整篇演說的基調，也可交替使用，靈活多變，但必須以講者的情感抒發為依託。

朗誦調性不同的文章

找幾篇調性不同的文章，例如：抒情、勵志、搞笑，只要是你喜歡的文章就可以。

盡可能地將同一篇文章朗誦多遍以上，唸到最後，你就會知道可以用什麼樣的聲音去表達這篇文章的意涵與感情。等這些調性不同的文章都朗誦得不錯的時候，日後看到其他文章就可以很快地掌握住聲音該有的表情，在演說時該有的情感你也就能自然地表現出來了。

在說話時要善於抓住句子的重點來強調自己所要表達的思想、感情，適當的時候運用重音，靈活應用重音可以增強個人表達的感染力，表明了話語中的輕重之分，進而達到展現抑揚頓挫的演說效果。

說話時的呼吸技巧

人們都喜歡聽飽滿圓潤、悅耳動聽的聲音，說話缺乏底氣，自然不容易引起別人的關注，即便你說破了嘴也沒人想聽，更別說會買單你銷售的東西。

發音時，氣息是聲音的來源，也就是穩定的氣息是發音的基礎。在現實生活中有的人說話的聲音洪亮、有力，這就是「底氣十足」；相反地，有的人說話聲音就是比較小，或是上氣不接下氣，這樣的人則顯得底氣不足。

所謂的「底氣」，其實就是「中氣」，之所以會出現這樣的差別，除了身體素質的不同之外，還有呼吸技巧的問題，也就是呼吸和說話的配合是否恰當。

通常情況下，說話是呼氣時進行的，停頓是在吸氣時進行的。如果是長時間的演說，就必須注意呼吸搭配的技巧：

練習放鬆呼吸

在呼吸之間盡量輕鬆自如，吸氣要快速，呼氣則要緩慢、均勻，並且吸入的氣量要適中，太多會讓你喘不過氣，太少了又不夠用。

練習放鬆呼吸時，要盡量深長而緩慢，用鼻子吸氣，用嘴巴緩慢呼氣。做完一個呼吸循環約十二秒，也就是深吸氣差不多在三秒至五秒，屏息一秒，然後慢慢呼氣，時間也是三秒至五秒，屏息一秒。每次的練習需要在十五分鐘以內，當然，如果能夠堅持做到半小時，是最好不過了。

說話姿勢要有利於呼吸

無論是站著還是坐著，都需要抬頭舒肩、展背，動作是胸部稍微向前傾，小腹內收，雙腳並立平放。這樣的站姿除了利於呼

吸，你的發音部位，例如：胸腔、腹部、口舌都處於一個良好的
準備狀態當中。只有呼吸通暢了，你的演說才會更流暢。

自然地停頓換氣

在說話過程中會有自然的停頓，這時候就應該自然地換氣，
不要硬要說完一句長話才大口地吸氣或呼氣，如此說話很費勁。
並且要按照自己的氣量來決定是否在較長句子的中間做停頓，千
萬不要為了達到演說效果而勉強不停頓、不換氣，這樣只會亂了
說話節奏。

停頓的重要性

在演說時，不僅要讓你的聲音有高低起伏的變化，還需要有
停頓與轉折的迴旋變化，如此才能使你的演說聽起來富有節奏
感、悅耳動聽。

言語本身本就需要停頓，否則不會成為句子，臺下的觀眾也
無法聽明白。例如：前美國總統林肯（Abraham Lincoln）說話時
有個習慣，就是適當的停頓，當他說到某個重要的問題，並希望
這些內容能在觀眾的腦海中留下深刻的印象時，他的身子就會往
前傾，並且注視著觀眾的眼睛，大概停頓半分鐘的時間，一句話
也不說。這種突然的沉默往往可以拉回人們的注意力，讓每一個
坐在臺下的觀眾都豎起耳朵，專注地聽講者接下來會說些什麼。
而停頓還有以下兩個效果：

提供觀眾思考空間

在演說的過程中，如果遇到了須強調的重點或者出現不同的意見時，建議不妨做一個停頓的空白，讓觀眾有時間可以思考，消化你所要傳遞的訊息，或者讓他們考慮是否做出決定。

幫助回想內容和觀察臺下反應

當你在演說中不小心忘詞了，就可以自然地做出停頓，停下來三、五秒不作聲，深呼吸，或許就能想起來。多數人說話都太快了，要能適度停頓，順便看看觀眾的反應，千萬別沉浸在自己的世界裡一直說個不停，停頓也能讓你看看觀眾的反應為何。

避免贅詞

演說時，話語的結構要較為嚴謹，避免使用不必要的贅詞，或者是斷句斷得很頻繁，例如：「今天『哦』，要跟大家分享的是『哦』，『這個』行銷的祕訣『啦』！」像這個例句就出現了許多無意義的贅詞，仔細聽來根本沒有什麼重點。

連接詞可以使用，但要避免過多不必要的「嗯」、「對」、「呃……」、「啦」等贅詞的語病，就可以讓演說更流暢、有條理。並切忌以疑問句結束陳述事件的結果，才不致影響語氣的堅定。

👍 發音困難的應對方式

有時候也會出現一種狀況是，講者本身有「ㄢ、ㄤ不分」或者是對「ㄓ、ㄔ、ㄕ」的捲舌音有發音上的困難，或者是把一句話說成了另外一句話。例如：前美國總統雷根（Ronald Wilson Reagan）也經常犯這種發音的錯誤，不過他的舞台魅力可以彌補此點不足。雷根曾經把維也納機場「Vienna Airport」唸成了越南機場「Vietnam Airport」。即使是人稱最優秀的演說家雷根也會犯這種錯誤，因此，如果你也發生了，不需要緊張，也不需要感到尷尬、難堪，只要自然地向觀眾修正就可以了。

例如：當你覺得可以挑戰再唸一次時，就對觀眾說：「我再唸一遍……」；當你覺得發音上對你有困難，可能還是唸不好時，就對觀眾說：「我的意思是……」直接對觀眾說明你想說的重點，而省略有狀況的詞語。

這種時候，你完全不需要多解釋自己的錯誤或者為此道歉，只需要快速地將它更正過來就可以了，如此演說就可以順利進行下去。

👍 考慮性別差異之處

對於演說，不同性別會出現的反應也有所不同，可能會使講者的預期出現誤差。例如：根據研究結果，女性多數會以「點頭」來表示自己的理解，比起男性，更容易說出肯定的話語。相

反地，男性多數只有在真正同意對方的說法時，才會點頭贊同。

因此，當女性的講者看到臺下的男性觀眾沒有點頭，或者是有任何的反應來表示他們的理解時，便很容易誤以為他們沒有留心聆聽，甚至不同意或不尊重她。

對於演說主題的看法，性別之間也有差異。一般來說，不同的觀眾組成都會有不同程度的興趣、知識和個人經驗。如果要使男性、女性觀眾都對你的主題產生興趣和反應，可以在內容上特別加入與男性、女性有關的經驗和故事。

作為一個優秀的講者，不僅要做到發音清晰、準確、流暢自然，還要能控制音量、語速張弛有度、適當停頓、帶入感情，才能充分顯示嚴謹的邏輯力量和言語魅力。

公眾演說是一種口語表達藝術，訓練重在加強實踐，多讀、多說，這便是我們在公眾演說中能有效達成個人目的的必備條件。

臉部表情給出真誠的印象

在所有身體語言中，講者最難注意的地方，可能就是自己的臉部表情了。因為就算場地備有大螢幕，講者通常也不會注意到自己的表情是什麼樣子和正在展現什麼情緒。

因此，我們要時時提醒自己表現出最適合目前這段內容的表情，不要該表示哀傷時，卻面露微笑；明明在說笑話，卻還皺著眉頭。每個人的表情往往都展露出一個人內心最真實的想法，你的一顰一笑、一喜一怒都在在傳達著你的某種意願、感情或是傾向。

如果觀眾對講者不是那麼熟悉，他們對講者的第一印象就是他剛出場時的臉部表情，並且講者的表情會直接影響臺下觀眾的感受。因此當你要開始演說時，請記得落落大方地出場，並給觀眾幾個自然的微笑，讓他們對你有一個舒服的第一印象，對你接下來的演說產生期待。

在過程中，有時難免會碰到某些觀眾不認同你的觀點或說法，因而表現出不滿意的態度，如果你能始終面帶微笑、友善地說話，就能讓他們不至於有過度的反感。

要注意，臉部表情的變化必須與演說內容相互配合，協調一致，有時要與手勢、身體姿勢協調，相互為用，才能相

得益彰。

給出自然、真摯的微笑

人的臉部表情貴在四個字：「自然真摯」，演說時的表情一般要面帶微笑。講者的表情應隨著演說內容富於變化，千萬別在上臺之後拘謹、木訥、僵硬，甚至冷若冰霜，對各種狀況毫無反應。

曾經有一位學員，他最大的問題就是演說時缺乏笑容，每次提醒他，他就會笑一下，但是笑得很僵硬、很尷尬，不出一會兒微笑就又從他臉上消失了。

一次，同學發現他在演說中的表情開始變得自然，就問他：「你這次感覺很輕鬆，為什麼？」

他便說：「因為這次的主題是談我的本行啊。」

「為什麼談自己的本行會這麼開心？」同學很納悶。

「因為我很懂。」他回答。

「覺得自己很懂，那跟以前有什麼不同呢？」

「很懂就不緊張啦！」

也就是說，之前他一直笑不太出來，是因為他對自己所發表的主題內容感到很陌生，沒有信心所致，所以重點就在於講者必須談自己熟悉的主題。

在幾次的練習之後，這位學員就抓到了訣竅，演說時也就習慣展露出自然的笑容了。

169

然而，若講者自始至終都露出一副笑臉，也不恰當。我們在演說過程中內心有什麼感受，就應該也透過臉部表情自然地表現出來，才能使觀眾產生共鳴。

講者如果故意做出表情，除了自己覺得彆扭之外，觀眾看起來也會覺得虛假，必然降低對講者的信任感。

把自信、幽默寫在臉上

世界著名的演說家力克・胡哲（Nick Vujicic）因為天生沒有四肢，可以使用的身體語言相當有限，反而展現出非常傑出的眼神和表情。力克・胡哲在「我和事件不一樣」（註：連結網址 http://www.youtube.com/watch?v=_leyYopIzE4）的演說中，描述了一個小女孩看到自己的模樣誤以為是外星人的事件，力克・胡哲在述說時就模仿了小女孩面露驚恐的樣子，讓演說氣氛瞬間變得相當的輕鬆、有趣。

隨時保持幽默、信心十足的狀態，舉手投足就會不一樣。這需要我們練習到只要往臺上一站，一開口就能讓人開心地微笑，舉手投足都有表現力，才能快速引起觀眾的注意。

觀察觀眾表情以調整內容

日本心理學家內藤誼人在著作《會面的細節等人來教，代價太高》中提到，每當辦研討會時，如果女性的參加者比較多，他

就能從她們臉上的表情，知道自己是否應該改變話題或者是幽默一下，來重新吸引觀眾的注意力。但是，如果男性的參加者較多，並且幾乎都面無表情，他就很難調整自己的演說方向。因此，你可以觀察較有反應的觀眾上來調整當下的內容。

　　除了可以藉由觀眾的表情來調整演說中的氣氛之外，也要注意在公眾場合時，只有開心、喜悅的正面表情才需要表現出來，如果是憤怒、難過的負面情緒就必須隱藏好，這才是專業人士的表現。

目光接觸加深心靈交流

「眼睛是靈魂之窗」，目光的接觸是最重要的非語言技巧之一，可以溝通訊息，例如：小朋友在父母親「看」一眼之後，就會立刻停止嬉鬧。眼神可以告訴我們一個人是快樂、哀傷、還是平靜、喜悅的。當你想傳達訊息給臺下的觀眾，或者是想和他們互動時，就可以用眼神來接觸。

據相關研究顯示，講者如果能花五成以上的演說時間看著觀眾，就較可能被觀眾視為誠實、可靠的；而目光接觸時間少於五成的人，則容易被視為是不友善、知識與經驗不足，以及不誠實的。

如果講者閃躲臺下觀眾的視線，他們便會覺得講者不夠大器、甚至會覺得講者不具有誠信。因此，講者應該要大方地與觀眾進行眼神接觸，同時要能展露出誠摯、專業與自信。

目光接觸要兼顧所有觀眾

一般來說，講者多會盡量與觀眾有眼神上的接觸，但須注意不能只看向一邊的觀眾，而是要盡量兼顧所有觀眾。當觀眾不多的時候，講者可以和臺下的每一個人都有眼神上的接觸；但是當

觀眾多的時候，眼神接觸的方式是「掃視」，而非一位、一位的對上眼睛。講者可以將觀眾人數依座位分成三區，在演說過程中，輪流看向各區的觀眾。

將目光落在觀眾頭頂

如果你會因為要與臺下的觀眾對視而感到緊張，那麼你的目光位置可以選擇落在觀眾的頭頂。對觀眾來說，仍會感覺到講者的注視。

先與最熟悉的人目光接觸

如果你會因為要與臺下的觀眾對視而感到緊張，也可以先和你臺下最熟悉的人或看起來友善的人目光接觸三秒鐘，然後移往下一位觀眾。試著和大部分的觀眾都進行目光接觸，交替著凝視全部的觀眾，如果你開始覺得緊張時，便再度移回讓你覺得放心的那位觀眾身上。

環視與虛視

在演說時，如果你想吸引所有人的注意力，就可以隨時「環視」現場，如此能全面地瞭解觀眾的反應。而「虛視」是指「似視而非視」，演說也需要這種虛與實的目光交替，「實」看的是

173

某一區的人，「非」看所有人。

除特殊需要外，視線要始終轉回正前方看，以注視全場觀眾。並可根據你的環視，及時從觀眾那裡得到回饋反應，來調整說話的語調、內容，以轉換現場的氣氛。

觀眾多少都能感受到講者的關注，如此也才可能放下手上的手機，開始注意講者。

講者看著觀眾說話，可以傳達出講者是在跟觀眾「對話」，而非只是照著講稿或簡報內容說話。觀眾雖然不太可能回話，但講者卻可以透過目光來觀察觀眾的反應與回饋，如果觀眾普遍出現昏昏欲睡的現象，就要有所警覺，設法透過「問答」或「與觀眾互動」的方式，拉回觀眾的注意力。

運用眼神與觀眾交流時，還必須使觀眾一看就明白，不致疑惑或產生誤解。特別是視線的運用往往是各種方法的交叉運用，搭配說話和手勢、身體姿勢等進行，才能達到最好的效果。

Speech 20　身體姿勢的加分效果

　　公眾演說時，除了運用有聲語言之外，如前述，還需要借助臉部表情、眼神接觸、手勢動作、身體姿態等非語言的方式來說明和加強表達。這些肢體語言主要發揮強調、補充、渲染的效果，有時甚至可以代替有聲的語言。

　　沒有經驗的講者多半不知如何運用肢體語言來作輔助，有的直立不動，有的只是在臺上前後走動甚至胡亂走動，有的則用手把玩自己的演說大綱或是口袋裡的硬幣或鑰匙等，這些動作都表現出他們非常緊張的一面，臺下的觀眾其實都看得清清楚楚。

　　對此，唯一的解決方法就是大量的練習與集中精神在演說當中，就能在觀眾面前表現自然的姿態。

　　記住，演說並非從你站在講台前說話的那一刻開始，而是從你進入演說場地，觀眾第一眼看見你的那一刻就已經開始了。

👍 恰當與強調重點的站姿

　　觀眾就是講者的鏡子，而且是多稜鏡，能從各個角度反映出

講者的形象。講者的體態、儀表、舉止、表情都應該給觀眾以協調乃至美的感受。要想從言語、氣質、神色、感情、意志、氣魄等方面充分表現出講者的特點，只有在站立的情況下才有可能。

那麼什麼樣的站姿才算是最恰當的姿勢呢？一般來說，挺胸，收小腹，精神煥發，兩肩放鬆，重心主要支撐於腳掌、腳弓上，頸椎和後背挺直，胸略微向前傾，以及繃直雙腿，穩定重心位置是最好的姿勢。

一般來說，講者的站姿是以上述的狀態稍微的側身面對觀眾。

當你想強調某些重點時，你只需要稍微轉到正面，便可以面對觀眾；如果你想更加強調，便可以往舞台前方走近幾步，離觀眾更近，再將你的故事表現出來，讓觀眾留下更深刻的印象。

此外，如果你是容易緊張的類型，那麼手上最好不要拿著紙本大綱移動，而是要握起拳來，那樣，顫抖的手就不會引起觀眾的注意。最自然的手勢就是把雙手垂在身體兩旁，絕不要放在背後。

🔊 坐姿的姿勢要求

長時間的演說，則可以採取坐姿與立姿結合，如此既可減少講者的勞累不適，也能形成一種動靜相濟的效果。例如：時間較長的政治演說、辯論會通常會採取坐式。

坐姿的順序為：走近要坐的椅子前，然後轉向觀眾，腿的後

部剛好貼住椅，徐徐坐下，坐下來時要輕盈、徐緩，切忌匆忙、人未站穩就將臀部重重地坐在椅子上。

坐下之後要保持上半身挺立、頭部平穩，肩膀不歪斜，兩個腳跟要微收、併攏，或者兩腳並起或稍微前、後分開，切勿把雙腳塞在椅下。接著將雙手按著椅子的兩旁，微微升起身體，然後移向後方。坐姿要文雅、大方，雙手宜分開放在兩個膝蓋上，不能蹺二郎腿或者出現兩手交叉在胸前等不良姿勢。

要從座位上站起來時，只需將坐下來的步驟倒轉。無論站或坐，背部一定要挺直，身體稍向前移，用臂力按著椅子的兩旁，協助你從座位起來。

👍 舞台上的姿勢

你的姿勢也能讓人知道你的心境，如果你駝背，肩膀下垂，觀眾便知道你很疲倦、甚至沒自信；如果你挺起胸膛走路，就能給人自信、大方的形象。

以下是一些簡單、有效的建議，能幫助你顯露出你希望展現出的形象：

📷 與觀眾互動的技巧

你可能有看過舞台上的講者自然地移動，甚至走到臺下與觀眾互動，例如：拍拍觀眾的肩膀，或者指定觀眾回答問題，這是很值得學習的表現方法，但是要注意的是不要太頻繁，否則會讓

觀眾的注意力過於分散。

再緊張，都挺直身子

在演說之前，一定要保持安靜和集中精神，即使你很緊張，也要坐得挺直、站得挺直、走得挺直，不要低頭望著地板。

開始說話時，就要保持自然的姿勢，不要生硬得像個士兵一樣。始終都要記得，當你走進會場時，觀眾已經開始注意你。

走路的技巧

如果你低著頭走路，會顯得沒有信心。當你走路時，主力是在身體上，而不是擺動肩膀和臀部，如果腳步施力得不正確，便不會站得平穩，因此步履要平均。雙手則是自然地擺動。

演說中的走動要符合兩個原則，一是「目的明確」，走動是為了內容表達的需要，例如是為了炒熱氣氛。走動時，講者要心中有數，該走則走，該停則停，絕不可盲目地走動。

二是「走動恰當」，往任何方向的走動都應是有意義的轉折和開始，並且這個意義沒有結束就不可改變方向，否則會顯得不協調。此外，走動的幅度不宜太大，也不宜太頻繁，否則會使觀眾感到不安和厭煩。

上下階梯的技巧

當有需要在舞台上下階梯時，要在階梯前稍停一、兩秒，微彎膝蓋，頭不要垂下，一步一步地走上或走下階梯。上下階梯時

不要只看著雙腳，如果有扶手的話，要握著扶手上下。

養成在鏡子前檢查姿勢的習慣

你可以養成站在鏡子前檢查自己姿勢的習慣，例如：耳朵位置應該保持在肩頭的正上方位置，而不是傾向前，如果傾前，就表示你正在駝背；肩膀應該是平的，不是聳起，聳起表示你過度緊張；胸膛應該是向前挺，而不是下垂；腹部不要放鬆地突出；膝蓋要輕鬆地微彎，腳趾要平放。

好手勢有效吸引眼球

　　美國肢體語言專家派蒂‧伍德（Patti Wood）說：「手勢是象徵性的肢體語言，當你說話時，姿勢也代表了說話的內容。」而美國中央佛羅里達大學的實驗更證實了，講者演說時依內容搭配肢體語言，可以讓觀眾對他產生明顯的好感。並且說話伴隨著肢體動作，會讓人感覺有魅力，連帶地「信賴感」和「專業能力強」的正面觀感也會增加。也就是說，從現在開始我們可以學著從手勢上彌補自己的不足，為演說再加分。

　　手勢的作用是將你的想法和感覺傳達到觀眾的感受上，想做到這點，講者可以對傳達的資訊進行闡釋，以動作來協助表達主題，以描述、建議的語氣或者一些典型的手勢來加以強調。如果我們留心名人的演說，就會發現他們有一個共同的特點，那就是在說話過程中總是伴隨著豐富、有力道的諸多手勢，手勢對增加說話的精彩和力度，催化演說的投入和發揮有著無法替代的作用，並且是聲音言語很有力的補充，甚至是替代。

　　當你全身心地投入演說時，若能加上大氣的手勢，馬上就會讓人感覺深具感染力。好的手勢可以讓觀眾專注於演

說，不必要的手勢則會分散他們的注意力。適當的手勢雖然可以發揮相當大的輔助效果，但因為多數的場合講者都需要手持麥克風，因此單手可以呈現的手勢就相當有限，如果還需要操控電腦簡報，另一隻手就可能還要拿著簡報筆，手勢自然會受到相當程度的限制。

然而，演說時千萬別像根木頭一樣呆立在臺上，必須要走起來、動起來，因為演說就是「演」加上「說」，光動嘴巴不叫做演說，手勢、肢體語言也必須到位才精彩。手勢既可以引起觀眾注意，又可以把思想、意念和情感表達得更充分、更生動，請善加使用。關於手勢有以下的注意事項：

👍 使用不同麥克風的手勢

如果你使用的是耳機式麥克風，就可以在演說過程中張開雙手，兩手的動作可以盡量大。張開雙手是最友善的手勢之一，能表現出講者是坦誠與值得信任的；如果使用的是單支手持式麥克風，就可以用空著的另一隻手的手臂到手掌的範圍，往外自然地做出畫圓圈的手勢。

👍 手勢的適當位置

當你做手勢時，最好的位置是在胸前以上，如果太低，觀眾就無法同時注意到你的表情。

假設你的前方有一個直立式講台，演說時，當你不使用手勢時，雙手就自然地垂放在身體兩側。

手勢的關鍵在於動作要「飽滿」、「做到位」，出手時，動作應直接、乾脆，不要太拘謹、細節。伸手時，注意肩膀要處在放鬆狀態，不然動作會有僵硬造作之感。

👍 避免的手勢動作

除非你有想強調的重點，否則應該盡量避免將你的手倚靠在講台上演說，這樣的動作會讓人感覺你是個高傲或強調自身地位崇高的人。在過程中，也需要避免握拳或是用手指向觀眾的動作，因為這會讓人感覺受到冒犯。

此外，避免把雙手同時放在身前、身體背後，甚至放在口袋裡，因為這樣反而會使觀眾注意起你的手，從演說中分心。也不要握緊雙手，或者把玩手上的手錶或戒指。

👍 呈現不同感覺的手勢

如果你希望給別人溫和的感覺，手勢就應該做出圓弧曲線，例如：許多宗教家演說時的手肘都是自然彎曲的，像是要給人擁抱的感覺；蘋果創辦人賈伯斯在產品發表會時，手肘和手腕也都是放鬆的，並且手勢多半會以畫曲線或是圓弧的方式呈現。

如果想要加強說服力，就可以模仿政治人物，他們的動作會

出現很多「角度」，除了緊握拳頭和呈現直角的手肘之外，他們做任何手勢都會比較用力，並且常常有類似「手刀」的動作。但是建議這種手勢不要過度，不然會給人強勢、有威脅感的印象。

👍 動作須自然、發自內心

手勢並不是複雜的事情，它是將內在的事物傳達給人，僅僅是一種想法，或是一種情感上的表現，需要借助肢體來表達。

如果一個講者的思想和感情豐富四溢，那麼他也一定善於使用手勢動作，他需要的只是合理的引導。如果他對演說主題的熱情還不足以使他在演說中自然地穿插手勢，那麼，他可能會做出幾個生硬的動作，反而使表現扣分。因為手勢必須是發自內心的，而不是生搬硬套。

優秀演說家的手勢會隨著時間、地點、環境、心情、觀眾反應的變化而經常改變，就像優秀的演員不會事先便針對臺詞做出手勢，因為許多時候，手勢的發揮是根據現場的情緒和聽眾們理解的程度而做出相應之變化的。

👍 忘我境界的自然手勢

一開始練習時，或許能針對各種手勢動作暗記、加強，後來你可能會發現這樣沒辦法讓你太專注在說話上。等你上手之後，就會發現，當講者在臺上進入忘我境界時，那才是最完美、最自

然的演說狀態，手勢也會是自然出現的。

如果你上臺之後始終還注意著自己的手勢、音調等，這表示你沒有進入演說當下的狀態，並沒有全身心地投入演說、投入與觀眾的互動當中。

因為手勢只是一種輔助，大方向在於手勢並不能搶走觀眾對演說的注意力，同時要表現自然與配合當下的情境。當我們累積了足夠的經驗時，就能夠逐漸形成自己的風格，自然地做出各種手勢而無須過度關注。

每一個成功的演員都能以不同的手勢表現出特定的情緒反應，其實表現的方式是無窮盡的，只要多練習各種表達方式，例如：典型的、誇張的，直到手勢能和演說內容融為一體。

只要講者是真誠地做出這些動作，那麼遵守基本原則就已足夠，不必做得太刻板、太教條化，因為對一場演講來說，最重要的還是內容，手勢只是發揮輔助的作用。身體語言是為演說所服務的，只有當講者的肢體語言可以更好地表達出他的情感，才稱得上擁有了嫻熟的演說技巧。

你或許會認為這些有關演說中的語調與肢體動作的建議有些矯揉造作，但是注意公眾場合的外在表現能幫助你提升自我價值的觀感，你會覺得更快樂、有自信，你可能會聽到有人讚美：「演說者非常落落大方，並且讓我收穫很多！」

不同文化中的手勢意義差異

現在已是個國際化的時代，演說時極有可能臺下的觀眾有來自多國的人，或者是講者前往國外演說，此時就需要特別留意不同文化上的手勢差異情況，要謹慎使用。例如：

點頭和搖頭

在大部分的國家，會用點頭示意「贊成」，搖頭表示「拒絕」，但是在希臘和保加利亞則相反，點頭代表「不是」，搖頭代表「是」。

「OK」手勢

在大部分以英語為主要語言的國家，例如：美國、加拿大、澳洲、英國等地，Okay這手勢是表示「沒問題」、「同意」、「批准」的意思，但是在法國、比利時，這個手勢卻代表著「零」或「一文不值」的意思。

甚至在地中海國家（希臘、土耳其、馬爾他、薩丁尼亞、突尼西亞）、中歐國家、俄國、德國、巴拉圭、巴西、委內瑞拉等地，這個手勢卻是冒犯的手勢；在中東國家，例如：科威特，這個手勢則代表「惡魔之眼」，或者代表著威脅、「走著瞧」之意。

「讚」手勢

這個表達正面意義的手勢，原先是二次大戰戰鬥機飛行員與

基地表達「可以出發」的意思，後來被引申為「做得好」，現在在臉書更被使用為一種圖示功能來表達貼文者的情緒。在大部分的美洲與歐洲文化中，豎起大拇指代表「做得好」。

但在許多南美洲國家、西非、希臘、俄國、薩丁尼亞和義大利南部，「讚」手勢相當於比中指的侮辱手勢，幾乎和罵髒話一樣過分。在中東國家，則代表著你所能想到最過分的辱罵，其嚴重性不比舉中指低，在泰國也表示譴責、辱罵的意思。

V 字手勢（YA）與反 V 手勢

許多人拍照時會比「YA」，日本女生更視為表現可愛的手勢。一般來說，手心向外的V字和反V手勢在美國代表勝利與和平。

但是如果在澳洲、英國、愛爾蘭、南非及紐西蘭，向別人做出反V手勢的話，則會被認為極不禮貌，有羞辱和蔑視之意。原因是據說在英法戰爭，英國勝出之後，弓箭手均會反手伸出食指和中指向法國俘虜示威，以示意並沒有被對方打敗而切去手指的意思。

隨著時代改變，人們之間多了許多相互了解、溝通的機會。當你對著一群不熟悉其文化背景的觀眾演說時，可以先和當地的接洽人溝通，看看你的表達方式是否合宜，以避免做出容易引發爭議的手勢。

好口才的
練成方法

好口才的標準

　　會公眾演說對於實現個人目標有著至關重要的作用，而要練就一副好口才，首先就要對「什麼是會說話」的標準有一個比較清楚的了解，只有如此，我們才能夠在口才的練習中更有針對性，達到事半功倍的效果。

　　那麼，什麼是好口才呢？我們知道很多成語都形容人們說話的特徵，例如：「滔滔不絕」、「口若懸河」、「三寸不爛之舌」、「巧舌如簧」等，從古至今人們經常用這些詞來形容一個人如何能說、如何能辯。那麼，這是指說起話來「滔滔不絕」、「口若懸河」的人，就是好口才嗎？那可不一定。

　　某公司要精簡人員，從兩個司機縮減到一個，而正好這兩個司機的開車水準都不錯，上司無法抉擇。於是就讓他們進行簡單的自我介紹，A 司機說了一堆，他如何地會開車、如何地提供好的服務等等；而 B 司機只說了幾句話：「我以前是這樣做的，以後也會這樣做。我始終遵守『聽得說不得』、『吃得喝不得』、和『開得用不得』，如此而已。」

　　上司一聽，細想之後覺得 B 司機非常好：「聽得說不得」，說明這個司機嘴巴很牢，開車時就算聽到公司機密也

不會洩漏出去;「吃得喝不得」,說明這個司機知道責任在身,吃飯、不碰酒就能保證上司的安全;「開得用不得」則說明了他公私分明,不隨便使用公務車。

B 司機說的重點突出,用語簡潔,讓人清楚明白,更能感受到他的行事幹練,最終被公司留下了。

可見,「滔滔不絕」、「口若懸河」並不是衡量口才優劣的主要標準,言簡意賅也是會說話的一種表達方式。

對於會說話的標準,並沒有任何檢定可認定,但是在人們溝通、交流的過程中逐漸形成了幾點為多數人所認同與接納的標準,例如:要能「言之有理」、「言之有物」、「言之有序」、「言之有禮」、「言之有采」,當然,五項全能並不是太容易,但希望這能成為演說家努力的方向:

👍 言之有理:有理走遍天下

如果一個講者的道理不清,邏輯不通,黑的硬要說成白的,那麼終究非可行的。如果你的言談中充滿著哲理的光輝和智慧的火花,那麼觀眾自然會對你產生敬仰之情。

👍 言之有物:增加肚子裡的墨水

「口才」,從字面理解,是由「口」和「才」組成,「口」是口頭表達能力,「才」是提供我們表達的知識、才學。有口無

才，便是山中竹筍，嘴尖皮厚腹中空。《周易》上說：「君子以言有物，而行有恆。」言之無物，聽者就會昏昏欲睡。

要做到言之有物，就要在平時不斷擴展自己的知識面，增加自己的知識儲備，大量進行閱讀，多與有學問的人一起交談，多讀報紙等都是開闊眼界、增加學問的途徑。

言之有序：別跳躍式地發表意見

戴爾・卡內基在自己的著作中曾說：「如果一位演說者從一個問題跳到另一個問題，然後又回過頭來再談一遍，就像一直蝙蝠在夜色中那般飛翔不定，還有什麼比這種演說更令人感到困惑的呢？」

按照一定的順序說明一件事情，由外而內，層層敘述，才能清晰有力。顛三倒四、想到什麼說什麼只會造成頭尾不通。說話有序，語句間就能銜接緊密，意思才會連貫。我們可以透過連接詞的運用來達到言之有序的目的。

例如，說話時，放棄什麼都想說的想法，先想好說話的主題，然後按照開場、主體、結束的順序說下去，或者利用「首先」、「其次」、「然後」、「結尾」等一些連接詞將所說內容連接起來，這樣說話就會避免說得太多而混亂，讓聽者產生疑惑。

說話沒有次序的另一個表現就是離題。因此，言之有序的重點在於要繞著主題說，避免東拉西扯、毫無關係的故事。主要的

詳細說，次要的略說；主要的先說，次要的後面說。

言之有禮：避開具爭議性的話題

人與人來往時，舉止要有禮，說話更要有禮，誰都不喜歡和無禮的人打交道。

何謂禮貌的說話？態度謙和，出言謹慎，以和為貴，講者談論問題時盡可能地兼顧各方感情與利益，盡可能地求同存異。

在演說當中，一旦發現自己的話題過度敏感，就可以立刻轉移話題，不要不知趣地繼續說個半天。如果發現了因自己疏忽而選擇了讓他人不快的話題，就應當道歉。

言之有采：表現出巨星的感染力

言語既是思想交流的過程，也是表現一個人文采的途徑之一。說話鏗鏘有力，活靈活現，有很強的感染力與說服力是好口才的重點。

公眾說話的最高境界是既能說得清楚，讓人容易接受，又能像詩歌一樣具有美感，更重要的是能達到講者的目的：無論是銷售東西還是宣揚理念，所謂「信、達、雅」三者兼顧是也。

如何練出好口才？

　　正如前面章節所提到，公眾演說是有公式可以套用的，人們的任何一種技能也都是可以經由後天練成的。美國二十世紀知名演說家威廉‧詹寧斯‧布萊安（William Jennings Bryan）第一次演說時，兩個膝蓋竟也顫抖得不斷撞在一起，更何況一般人呢？

　　「敢說話」的人並不是「會說話」的人，敢說話的人也不代表著他就說得出什麼高深見解。

　　那麼什麼才說得上是真正的「好口才」？所謂的好口才，是指說出來的話擲地有聲，話一出口就能得到觀眾的肯定，而不是被你的喋喋不休弄得心煩意亂、不清不楚。

　　那些能夠把意思說到位，能把道理分析得頭頭是道的人，都是用自身肚子裡的真才實料來征服觀眾的。聽他們說話，能感到如沐春風，正所謂「聽君一席話，勝讀十年書」，聽完他們的高見，更能感受到一股暢快感。

　　因此，即使你口才不佳，遵循以下幾個大方向多加改善，就可以讓你的公眾演說水準蒸蒸日上。

🖒 大量閱讀，每天練習

自然而然地說出對方想聽的話，是每個人夢寐以求的說話魔法。但是好口才不是與生俱來的，它是在後天的實際演練中不斷地修改、學習才能日益完美的，也就是說好口才是需要日積月累的。

香港九龍有一家美髮沙龍，生意非常興隆。老闆在談到經營之道時，透露出是造型師在工作時善於和顧客攀談，才帶來了如此好的業績。

但是要如何才能使員工善於說話呢？原來老闆規定，員工們每天早上做的第一件事就是閱讀店內最新的報章雜誌，才開始工作。這一規定一直延續下來，成為了員工每天的必修課。

透過閱讀，店員自然能找到談話的素材，而且能夠根據顧客興趣的不同轉換合適的話題，讓顧客在等待的時間裡不會覺得無聊。如此一來，回頭客自然就多了起來，老闆當然也笑容滿面。

🖒 「不錯」就是「不犯錯」

過去曾擔任過補教界國文老師的節目主持人于美人，當年為了讓學生可以聽到好故事，進而對課程印象深刻，於是她養成了大量閱讀的習慣，也培養出擅長對資料全盤整理、並徹底消化的特殊能力。

她說：「在臺北的南陽街，六年的國文老師生涯當中，我每

天都在訓練自己從龐大文字堆裡找出重點，而且把這些重點在上課的時候，用『說出一朵花』的方式與學生分享。」她又說：「『不錯』的定義就是『不犯錯』。」

就像威爾・史密斯（Willard Christopher Smith, Jr.）在電影《全民情聖》（Hitch）中，說出了追女孩的實用臺詞：「你要做的，不是讓她喜歡你，而是，不要讓她討厭你。」

盡可能地少犯錯誤，就能達到「不錯」的境界。而要如何才能少犯錯誤呢？追根究底，這就需要你每天的練習、經常的練習、經常的「不錯」，進而達到不犯錯的習慣，讓你很難去說出錯誤的話。

👍 更新素材資料庫

如果一個人見識淺薄，並且沒有進行適當的素材資料庫的更新，那就會成為我們生活中處處可見的那種——說起話來如水庫洩洪般地滔滔不絕，但是仔細一聽就知道沒什麼內容的青椒人（內在空洞）。跟這樣子的青椒人就算多交談幾次，也無法對我們有多少的實際幫助。

從形式上看來，擁有好口才的標準是能夠出口成章，說一口流利的話。但是說得多並不代表就是說對話，好口才的人在說話時會考慮到是否合邏輯、是否夠生動，他們往往能夠把話說得起承轉合，把話說得活靈活現。

究其原因，就是因為他們涉獵廣泛知識，因此在說話時能有

效地駕馭這些有內容的素材，並且能不斷地更新和自我充電，帶給觀眾最新的知識資訊。

👍 重點一律歸納成三點

在演說中最常見的毛病就是言之無序，具體表現就是：顛三倒四、前後矛盾、沒有重點等。

我們要突破「敢說」，「敢說」之後要「會說」，最終達到「好演說」的水平。那麼如何做到說話條理分明呢？最主要的就是思維要清晰、要有邏輯性。

我們可以將重點都歸納成三點，講者運用這種方法就能迅速思考並條列出重點，特別是在極短的時間內即興演說，而且非常容易掌握。

舉例來說：

- 我分享三個心得……
- 我說三個案例……
- 我們的三個任務是……
- 我們有三個需要解決的問題……

這個方法可以讓講者邊想邊說，有助於我們組織臺詞，避免思維混亂的情況發生。

🗨️ 勤於觀摩、演練

觀摩與反覆練習，是提升說話力的不二法門。說話是一門「表演藝術」，融合了儀表、聲音、語調、表情、臺風等各方面的整體表現。

既然說話就是演出，自然可以透過不斷地演練，使自己更臻完美。盡可能讓自己處於說話的環境中，就像KTV唱久了，歌藝就一定會進步，因為抓到訣竅了。

只要聽到精采的演說，你都可以用心觀察各項細節，分析其中動人的因素。對於生活周遭發生的故事，也可以記錄下來，作為與人溝通或演說時可用的素材。

🗨️ 建立個人的說話風格

慢慢地，你將會逐漸超越「技術」層次，進一步將說話與自我的人格特質結合，創造出屬於你、獨一無二的個人魅力與說話風格。

臺灣卡內基中心創辦人黑幼龍，他的卡內基課程曾造就無數說話、領導高手，但他說話不是口若懸河，而是慢條斯理，充滿誠懇的情感，且有說不完的動人故事。這是黑幼龍的說話風格，那麼屬於你的呢？

🗨 關心你的觀眾

對人的關心，是說話的初衷。說話，無非是為了表達自己，打動別人。所有的說話高手無不洞悉人性，而所有成功的演說或人際溝通，無論其主題、目的為何，必定從目標對象、聽者的需求與立場出發。

說話時，時時把「人」放在心上，自然會知道何時該開口，何時該保持緘默；何時該「進兩步」，何時又該「退三步」；哪些話該說，哪些話又不該說。只要講者能將觀眾當成自己的朋友放在心上，那麼就不用太擔心自己的演說太過生硬、無趣，因此能「換位思考」就是此點的最高境界。

幽默的最高境界是「自嘲」

　　自嘲是幽默的最高境界。所謂的「自嘲」，顧名思義，就是運用嘲諷的語氣嘲貶自己。直言直語嘲笑別人不禮貌，用幽默嘲笑別人也會讓人難過，但你若能用幽默的話語嘲笑自己，最是豁達的一種口才智慧。

　　有位鋼琴家曾在美國密西根州的福林特（Flint, Michigan）舉辦演奏會，當他登場時簾幕拉開，他才發現在場的觀眾竟然不到三成。他的心情瞬間盪到谷底，但他知道，不能讓沮喪的情緒影響到現場演出，更不能因此虧待期待他的琴聲的少數觀眾。

　　於是他走向舞台，先向觀眾一鞠躬，然後對著在場的所有人說：「你們知道嗎？我覺得福林特這個城市一定很有錢。」觀眾頭上冒出了不少問號，好奇這位鋼琴家為什麼這樣說。等到會場稍微安靜下來之後，他認真地說：「因為，我看到你們每個人起碼都買了三個座位的票！」臺下觀眾聽了放聲大笑，會場的氣氛瞬間炒熱起來。這位鋼琴家帶著感謝的心情順利完成了最棒的演出，即使觀眾不是太多，但卻是最熱情的一群。

　　臺下的觀眾太少，講者或是歌手往往會感到尷尬，甚至

覺得不滿，但是如果我們能冷靜處理，以展現幽默感來炒熱氣氛的話，這也是一種充滿魅力的舞台技巧。

自嘲要以自己的缺點巧妙地引申、發揮，自圓其說，博得他人一笑。因此，自嘲者必定是智者中的智者，只有智者才無畏暴露缺點，只有智者才有能力將缺點轉為幽默的含義，只有心胸寬大的人才能隨心所欲地運用。

自嘲是一種自信

說出自己的缺點是一種自嘲，但並不是自輕、自賤，而是一種豁然開朗與反璞歸真的表現。沒有足夠自信心的人是無法做到自嘲的，因為他們生怕暴露自己的缺點，只想遮掩、躲避，哪裡還敢拿自身的缺陷來「尋自己開心」呢？

當年被譽為「寶島十大才子」的知名作家林清玄曾經被應邀到某所學院演說。會場上座無虛席，連走道上都擠滿了人，學子們都想一睹林清玄先生的「風采」。所以，當身材矮小又略帶禿頂的林清玄一出現，全場一片譁然。

但林清玄一點都不介意，微笑著走上了講台。講台是那種多媒體式的講桌，林清玄坐下之後，頓時便「消失」了。正在大家覺得尷尬的時候，林清玄站了起來，自嘲地說：「這桌子是不是有點高啊？同學。」臺下學生們不禁大笑出來。林清玄又接著說：「為了讓大家能近距離看到我『帥氣逼人』的容顏，我就站到講台下，讓同學們『觀賞』吧！」

說罷，林清玄真的走下講台，來到了同學眼前。在場觀眾都被他親切的話語與舉動給逗開心了。

能夠自嘲，輕鬆調侃自己缺點的人，一定是不以此缺點而自卑的。他們懂得欣賞自己的長處，表面挖苦了自己，實際上卻是極其自信的表現。若你能做到如此，能表現出你這個人的豁達、謙虛，且最重要的是充分展露了你的自信。

而自嘲誰也不傷害，最安全。你可以用它炒熱氣氛，解除緊張；可以在尷尬中自找臺階，保全面子；在公共場合獲得人情相挺；在特定環境下含沙射影，反擊無理取鬧之人。

🔖 自嘲的人大智若愚

自嘲經常是大智若愚的最佳表現。在朋友或同事之間，自嘲就是巧妙的表達方式，不僅能博得一笑，還能使人們更願意親近你。一個人若懂得以貶低自我來襯托他人的優越，那他絕對是一個敏銳而成熟的人。

一七二七年英法戰爭期間，法國啟蒙時代的思想家伏爾泰（Voltaire）到英國旅遊。英國人對法國人的仇恨已無法控制，他們抓住了伏爾泰，將他判處絞刑。當伏爾泰被送往絞刑臺的時候，他的英國朋友紛紛趕來替他解圍，他們緊張又急切地喊著：「你們不能將他處死，伏爾泰先生只是個學者，他從不參與政治！」

「不行，法國人就該死！」那些英國群眾不停地叫喊著。

在雙方爭執的時候，伏爾泰舉起雙手，悄聲地說：「各位能不能讓我這個將死之人說幾句心裡話？」

全場安靜了下來，伏爾泰對群眾深深地鞠了個躬，說道：「各位英國朋友，你們是應該懲罰我沒錯，因為我是個法國人。以各位的聰明才智，不難發現，我生為法國人，而不能生為高貴的英國人，難道這件事對我的懲罰還不夠嗎？」說完，英國人都大笑了起來。就這樣，伏爾泰這番的詼諧竟讓他當場就被釋放了。伏爾泰的自嘲化解了英國人對他的敵意，而打破僵局，化險為夷。

大凡具有幽默感的自嘲，往往是對自身缺陷的誇張和形象化，最能表現自己的坦誠品格，容易得到聽者的信賴和好感。因此，自嘲在人際關係中具有良好的表達和使用價值。

但在社交中運用自嘲也要注意伺機而用，適可而止，不要表面上嘲諷自己，其實反而暗示別人的缺點；也不要過分自嘲，讓自己陷入了真正的消極層面。

👍 公眾人物更需要自嘲

人際交往中，身在高位者或明星大腕們，與人打交道容易讓人感到有架子。可能是因為他人過於緊張、有壓力，也可能是這些人還沒有找到與普通人相處的竅門。一般來說，開開自己的玩笑，可以緩解他人壓力，還能讓一般人覺得有人情味，和普通老百姓一樣，讓人心裡舒坦。

這一類的例子多得很，一些諧星或節目主持人常以此獲得觀眾的好評。一位教師，雖只有四十多歲，但頭大多禿光了，露出一片「不毛之地」。以前常有學生在背後叫他禿頭老師，後來他乾脆在課堂上向同學們講明了因病而禿髮的原因，最後，他還加上了這樣一句自嘲：「頭髮掉光了也有好處，至少以後我上課時教室可以不用開燈。」學生們發出一片友善的笑聲，此後再也沒有人叫他禿頭老師了。

👍 自嘲是解除尷尬的妙方

當你陷入演說中尷尬的境地時，借助自嘲往往能使你從中脫身。就連前美國總統林肯也取笑自己的外表，他說：「有一次，我在森林裡散步時，遇見一位婦人。她說：『你是我所見過的最醜的一個人。』我回答她：『我是身不由己的。』婦人答道：『不，我不以為然！至少你可以待在家裡不出門啊！』」

知名電影導演的伍迪‧艾倫（Woody Allen）說：「我小時候長得並不好看，我是到長大以後才有這副面孔的。」

由此可見，適時、適度地自嘲，不失為一種良好修養，一種充滿魅力的交際技巧。自嘲能製造和諧的交談氣氛，使自己輕鬆、灑脫，使觀眾感到你的可愛和人情味，有時還能更有效地維護面子。

如果你的特點、能力或成就可能引起他人的妒忌，甚至畏懼，那麼，試著去改變這些不好的看法。例如，你可以說：「世

界上沒有一個人是完美的，我就是最好的例子。」你以取笑自己來和他人一起笑，能讓他人喜歡你、尊敬你，甚至敬佩你，因為你的幽默力量證明你也是親切的人。

👍 自己批評自己最安全

當你想說笑話、小故事，或者趣談時，最安全的目標就是自己。如果你笑的是自己，有誰會不高興呢？

有一條不成文的法律說，能笑自己的人有權利開別人的玩笑。特別是政治圈的人得有心理準備，隨時可能受人攻擊。但是，每當你想批評、抱怨或提出批判式意見時，以「我」作為目標是最理想的。

豎立自己作為幽默的標的，你可以傳達訊息、表達看法而不攻擊到別人。自嘲應用廣泛而安全，在即興演說中，講者如能適時、適度地自我解嘲一下，是有高度智慧和教養的表現。講者可以藉此來「潤滑」與觀眾的關係，轉換演說時的氣氛。

👍 在自我介紹中自嘲最快拉近距離

在演講的自我介紹時，你更可以勇於自嘲，例如：「我在大學畢業時，面試時完全沒有一家公司要錄用我，但是那些長得漂亮、長得帥的同學都一個個的找到工作了。」

這個說法很能讓觀眾爆笑出聲，特別是講者如果是大咖的講

師，很容易就能馬上和觀眾拉近距離，讓現場瞬間變得和樂融融。

開自己玩笑的自我介紹法，通常能讓對方感到親切自在。例如還有：「我是已經四年沒有女朋友可以一起吃飯的吃貨某某某。」、「雖然現在單身，但我還是過得很快樂，我是某某某。」

這一類的即興反應能讓別人對自己留下深刻印象，即使記不住名字，也能記住自我介紹的內容，之後如果和觀眾在其他場合巧遇，也能成為很好的話題。

運用這個技巧時一定要切記，那就是不管多麼不幸的故事，都不能悶悶不樂地描述，務必要開開心心、帶著笑容地自我介紹。如果苦著一張臉自嘲，一定會讓現場氣氛變得尷尬、哀傷，絕對要避免。

Speech
25
別走入幽默的誤區

幽默感是現代人為人處世的重要法則之一，也被用來衡量一個人的口才，乃至於智慧的高低。只是有許多人很難把握這幽默的尺度，什麼樣的幽默才有助於提升魅力呢？想展示幽默時，又應該規避哪些誤區呢？

北宋時期的名相寇准，處理國家大事，他遊刃有餘，但是卻實在是過於直言，屢次得罪同僚，原本青睞他的才能的皇帝也多次因為他的說話方式而失望。而一位遺臭萬年的貪官更是直接因為寇准的一句話而改變了終生。

寇准的手下曾有一個副參知政事丁謂，年輕有為，也確實為民眾做出了一點成績。丁謂任中書官職時，對寇准非常恭敬。

一次餐會，寇准不小心鬍子上沾了湯汁，丁謂站起來替他擦乾淨。寇准卻諷刺他說：「參政，國之大臣，乃為官長拂須耶？」翻譯成白話就是：「參知政事，你身為國家大臣，是替上級擦鬍子的嗎？」讓丁謂非常尷尬。

從此，丁謂全力詆毀寇准，和一些同樣受過寇准諷刺、挖苦的大臣結成同盟，經常在皇帝面前說寇准壞話。最後，寇准一而再、再而三地被流放，以至於客死他鄉。

寇准的話，看上去是玩笑，但更是一種過於直爽的諷刺挖苦。這種諷刺直接造成了他人對他的不滿與自己的仕途坎坷。幽默是一種智慧，但不是對人的不尊重和肆意諷刺。

　　諷刺的言辭具有攻擊性，也帶有輕視和傷害別人的意思，這種言辭所帶來的笑聲是將自己的快樂建築在別人的痛苦上。諷刺、譏笑別人，雖然譏諷者會得到一時快感，但被譏諷者，卻受到了心靈的傷害。被人戲弄的感覺必然促使他重新考慮與諷刺者之間的關係，這和能為人帶來愉悅、又使人回味無窮的幽默是完全不同的。

幽默並非滑稽和諷刺

　　幽默引人發笑後，使人得到哲理性的啟示；而滑稽只為博人一笑，既無思想的深刻性，也無會心一笑的啟示。馬戲團中的丑角表演得再好，也只能使觀眾產生情緒上的一時愉悅，而無法帶來觀念上更深一層的思考。諷刺的言語是損人尊嚴以找尋樂趣，是缺乏教養的行為，絕不是幽默。

　　英國作家薩克雷（William Makepeace Thackeray）認為：「幽默是機智加上愛。」可見幽默是有感情的，人們也是從態度上來區別「諷刺」和「幽默」。美國美學家派克（Parker）認為：「有原諒別人的幽默，也有為難別人的諷刺。諷刺它責怪出乎意料與違反慣例的東西，幽默則同情它。」現代作家老舍說：「幽默者的心是熱的，諷刺家的心是冷的。因此，諷刺多是破壞

性的。」

在人際交往中，真正攻擊性的幽默是比較少的，但有時自認為沒有攻擊性的幽默，聽在別人的耳裡卻是有攻擊性的，例如：人身攻擊、取綽號等。對於不熟悉的人來說，不管你話裡的攻擊性多麼模糊，都是不禮貌的，會有不良後果。因此，一些帶有諷刺意味的幽默最好只和熟悉你的人說，別在群眾面前說。

幽默不過度

有個演說的潛規則是：「絕不在演說的最初三分鐘內說笑話。」當然這並不是指開場白一定要十分莊重且極度嚴肅。如果你辦得到的話，可以就地取材說些笑話，博觀眾一笑，你可以談談與演說有關的事，或是就其他演說者的觀點說幾句話，抓住不對勁的地方，適度加以幽默地點評一番。

如果把幽默看得太重要，努力表現，拼命模仿，就怕你幽默不成，反得罪人。想有點學者風度，卻表現地很草包；想顯得闊氣，卻非常庸俗。像邯鄲學步那樣，學優雅走路不成，反而把自己原先怎麼走路給忘了。

觀察別人如何幽默

如果仔細研究過前美國總統林肯等名人的演說，那麼你會發現，他們很少在演說中說些幽默笑話，尤其是在開場白裡。

有位演說家坦白地表示，他從來不會單純地為了表示幽默而說出好笑的故事。演說家所說的幽默小故事，一定都是有所啟示，有其觀點的。幽默應該只是蛋糕表面的一層糖霜，是蛋糕層與層之間的巧克力，而不是蛋糕本身。

　　幽默能給人一顆年輕快樂的心，讓你在公眾演說中受到歡迎，使觀眾沒有壓力。

　　幽默既不深奧，也不粗淺，只要你是以真誠友好、豁達樂觀的人生態度過生活，你也能幽你自己風格的默，不是也很好嗎？

Speech 26　如何運用修辭耍幽默

　　語言中的修辭手法除了能使深奧的話語變得淺顯，枯燥的話語變得生動外，往往還有「話外之音，言外之意」，所以，我們還能用修辭來製造幽默。

　　創立相對論的愛因斯坦晚年時，一群學生請他解釋什麼是相對論，他生動地打了一個比方：「當你和一個美麗的女子坐在一起兩個小時，會覺得好像只坐了一分鐘；但是在熾熱的火爐邊，哪怕只坐上一分鐘，你卻覺得好像坐了兩個小時。這就是相對論。」

　　曾經當過英國首相的麥克唐納（James Ramsay MacDonald）和一位政府官員討論永久和平的可能性。那位政府官員冷嘲熱諷地說：「要求和平的願望不一定能保證和平。」麥克唐納說：「完全正確！要求吃飯的願望也不一定能使你充饑，但至少可以使你向餐廳走去。」用吃飯來比喻和平似乎沒什麼可比性，但用在此處不僅貼切而且具有威力。

　　比喻是最常見的一種修辭方法，運用比喻，可以把抽象的事物講得具體，深奧的道理講得通俗易懂。比喻要有可比性，這是修辭的規律。但是，本體與喻體之間沒有一致的地

方，才是產生幽默的定律，除了用不相稱的分類和排列引起怪異之感，還可以用不倫不類的比喻來造成爆笑的效果。

極度的誇張、反常的妙喻、含蓄的反語，以及對比、擬人……等都能創造幽默。另外，選詞的俏皮、句式的奇特也能構成幽默。這就需要我們在語言的練習上多下功夫，增強自己的應對能力，做到應用自如。只有在這樣的基礎上才可能追求更風趣幽默的更好效果，否則連清楚的表達都成問題，又如何做到幽默風趣呢？

表達時，特殊的語氣、語調、語速以及半遮半掩或者引而不發──甚至一個姿勢、一個心照不宣的微笑，都能表達意味深長的幽默和風趣。

🖒 試試「誇飾」

運用言辭有意強調事物的某種特徵，對其加以擴大或縮小，這種修辭手法稱為「誇飾」。作為幽默技法的誇飾，有兩種方法：一是時間上的超前；二是數量上的誇飾與精細的描述手法。

舉例來說：三個孩子在比誰的爸爸動作快。第一個孩子說：「我爸爸最快了。桌子上的咖啡杯掉下來，他可以在杯子掉到地面之前把杯子接住。」第二個孩子說：「我爸爸才快呢。他去山上打獵，在二百公尺外射中一頭鹿，在鹿倒地之前他可以衝上去把鹿接住。」第三個孩子說：「那算什麼。我爸爸是公務員，每天下午五點下班，可是他三點半就到家了。」

看看「雙關」

我們說，借助詞語的多義或同音的情況，有意使詞句具有雙重含義，達到言在此而意在彼的修辭效果，這種修辭手法稱為「雙關」，雙關可以使語言表達得含蓄而幽默。雙關形成幽默有兩種方法，一種是「借義雙關」，即「言在此而義在彼」。另一種是「諧音雙關」。以下舉兩個例子作為說明：

借義雙關

魯迅的姪女問他：「我爸爸的鼻子又高又挺，你的呢，又扁又平。」

魯迅摸了摸鼻子，笑著說：「你不知道，小的時候，我的鼻子跟你爸爸一樣，也是又高又挺的。」

「那怎麼……」

「可是到了後來，撞了幾次牆，把鼻子撞扁了。」

「撞牆？你怎麼會撞牆呢，是不是走路不小心？」

「妳想，四周烏漆抹黑的，還能不撞牆嗎？」

「喔！牆壁當然比鼻子硬多了，難怪你鼻子都扁了。」在座的人都大笑起來。

魯迅表面上說的是夜晚的情景，實際上指的是黑暗的舊社會，當時自己處在到處碰釘子的處境下，而孩子以天真的想法思考自己以為碰到牆壁而讓鼻子變塌，讓人忍俊不禁。

211

諧音雙關

美國黑人律師約翰‧羅克勤於一八六二年發表反奴隸制演說，他一上臺就說了：

「女士們、先生們——我到這裡來，與其說是發表談話，還不如說是給這一個會場增添一點顏色⋯⋯（臺下傳來笑聲）」顯然，黑人面對白人群眾是「添」了點顏色，但此外還有言外之意，這裡用的是雙關手法。

笑笑「飛白」

飛白，就性質上而言，往往就是語句中的「語病」所在，例如：語音上的口吃、方言、口頭禪，字形上的錯別字，語意上的誤解，詞語的錯用，以及不合語法的規則與違反邏輯的語句。

飛白的作用可以增強語言表情達意的真實感，有助於刻劃人物形象，可以增添語言的諧趣，創造幽默的氛圍；可以諷刺，對於那些胸無點墨、粗俗不堪的人物，產生揭露及諷刺的笑果，同時它能提神醒腦，誘發對方思索深層語意裡的真實訊息，至於詼諧逗趣則是「飛白」經常附帶而來的「笑果」。

例如，老師們在批改學生作文時，經常會見到令人莞爾的語句：

「爸媽很辛苦，我要照顧他們的『下半身』。」

「早上起床整裡『遺容』後，我們到學校集合，搭車前往墾

212

丁畢業旅行。」

「昨晚左眼皮跳個不停，當時就覺得那是「胸罩」，果然今天皮夾就被扒走了。」

或是遇到學生胡亂套用成語：

「我的家有爸爸媽媽和我三個人，每天早上一出門，我們三人就分道揚鑣，各奔前程，晚上又殊途同歸。爸爸是建築師，每天在工地比手畫腳；媽媽是店員，每天在商店裡來者不拒；我是學生，每天在教室裡呆若木雞，我們家三個成員臭氣相投，家中一團和氣，但是我成績不好的時候，爸爸也會同室操戈，心狠手辣地揍得我五體投地，媽媽就在一旁袖手旁觀，從不見義勇為。」

這就是常見的飛白幽默效果，能讓人留下強烈印象。

👍 即興的幽默場控技巧

演說時也需要一些場控技巧，講者要能與現場觀眾對話，適時加入一些幽默元素，和觀眾共同駕馭整個現場。例如，現場突然有手機響起來，你就可以這麼說：「沒想到我的演說精彩到有人要call-in進來了！大家掌聲鼓勵一下這位熱情的朋友！」讓現場氣氛轉為輕鬆、和諧。

建立使用率最高的說話資料庫

我們發現，口才好的人在說話時往往能旁徵博引、妙語如珠。要做到這一點，除了要腦袋清楚，更重要的是要有豐富的說話素材。可以說這是訓練口才、增強口語表達能力的一個行之有效的基礎方法。

只有大腦存放了各式各樣的素材，我們才能信手拈來，說起話來是「有料」的滔滔不絕。如果你的腦中是一片空白，那麼無論怎麼硬想，臨時也說不出什麼太精彩的內容。

被媒體譽為「偉大的溝通者」的前美國總統雷根（Ronald Wilson Reagan）有著演說和演戲的天份，尤其他的演說風格高明而極具說服力，從早期他從事相關職業的表現便可得知。

一九三二年，雷根曾經先後在愛荷華州的 WOC 廣播電臺、WHO 廣播電臺擔任運動播報員，負責播報芝加哥盃棒球賽，僅依靠著球場傳來的收報機文字訊息，在廣播室裡以他的想像力來報導比賽進行的情況。

有一次比賽進行到第九局時收報機突然故障，但雷根仍流暢地虛構比賽進行的情況，直到收報機修復為止。

雷根擅長於在「照本宣科」與「即興演出」之間找到一

個最好的平衡。另外，雷根對於「說話」這件事的態度也值得我們仿效，因為就算你是全世界最會說話的人，擁有全世界最會寫演講稿、讓你可以放心「照著念」的一群幕僚，你也需要像雷根一樣，永遠認真地準備每一場演說，讓每位曾經聽過演說的人都留下終生難忘的印象。

「說話」實際上是一種智力運動，談論的話題、內容往往會涉及各種知識領域。記得古代以口才聞名的蘇秦嗎？當他第一次去遊說諸侯時，就因為說不出個什麼東西，遭受到慘痛挫折。

演說需要天分、需要練習、需要修正、當然也絕對需要做最完整的預先準備工作。

回歸基本，禮貌至上

說話，一定要先有基本功，才能去談論如何增加深度或寬度、廣度。而說話的基本功，指的當然就是「說話有禮」，像是：

- 各位好、各位早安。
- 請問各位是否有什麼疑問或想法呢？
- 能否麻煩各位告訴我……
- 真的非常感謝各位的支持！

一般來說，無論在什麼場合，平易近人的「禮貌用語」都能派上用場的。幾句適當得體的話，能夠展露你的品格修養，就這

麼簡單，為什麼不呢？

　　一位猶太傳教士每天早晨都去散步。而無論看到誰，他總是笑著說一聲：「早安。」，一個叫米勒的年輕農夫，對傳教士每天的這句問候，反應一直都很冷漠。然而，年輕人的冷漠，卻未曾改變傳教士的態度。每天早上路過時，他還是會向這個冷漠的年輕人打招呼。終於，有一天，這個年輕人拿下了帽子，向傳教士回了一聲：「早安，傳教士。」

　　好多年過去，納粹黨上臺了。

　　有一天，傳教士與所有村民，被納粹黨集中起來，送往集中營。在下了火車列隊前行的時候，有一位指揮官站在前面揮動棒子，喊著：「左！右！」被指向左邊的人據傳將是死路一條，而被指向右邊的人，或許還有生存的機會。

　　而傳教士被這位指揮官點到名了，他止不住顫抖地走上前。當他絕望地抬起頭來，卻對上了指揮官的眼睛。

　　傳教士看到了熟人，習慣地脫口而出：「早安，米勒先生。」

　　米勒還是面無表情，但是卻回了一句：「早安，傳教士。」

　　「右！」

　　傳教士被指向了右方。

　　不要低估了一句話的蝴蝶效應，它可能讓許多講台底下的陌生人對你產生好感，走進你的生活，成為開啟你幸福之門的一把鑰匙。

🔔 經典的成語、俗語要有基礎

成語是語言中經過萃練所留下的固定語，通常有著深刻的思想內涵，簡短精闢，多由四個字組成，也有三字和多字的。而俗語通俗易懂，是大眾所創造出來且口耳相傳的話語。累積一些基本成語和俗語字彙量，不僅能提高自己說話的內涵，還能避免你因為不理解這些話而丟臉。例如：

「你怎麼沒有愛屋及烏呢？難得女朋友一家都上臺北玩了，怎麼只跟女朋友約會？」

「無事不登三寶殿，今天上班前就先來找你，是真的有事了！」

成語和俗語能使複雜的句子簡單化，一個成語或一句俗語所包含的意思往往不是一句話能解釋清楚的。上述兩句因為代入了成語，使對話變得簡單又充滿生活氣息。但是這裡需要注意的是，成語和俗語帶有濃厚的感情色彩，褒貶分明，因此在使用時一定要注意，如果亂用成語，反而會弄巧成拙。

🔔 打破隔閡，先懂得流行 slogan

聊天時，最需要一些有共鳴的相同話題，才不會說到尷尬。因此，你最好經常更新一些最新的流行話，適時地加入你的話題，更可以有效引起觀眾的興趣。看看以下例子：

「我的字典裡沒有放棄，因為已，鎖定你。」以《唸你》一

曲爆紅的劉子千著名歌詞，大眾爭相模仿，若剛好說到「放棄」這個詞，多半就會有人開始唱起。

「整個場面我hold住！」、「你這樣穿not fasion！」、「一秒變格格！」皆出自裝扮古怪「hold住姐」的節目表演名言，「hold住」一詞更是高頻率地被應用在各種場合。

「如果文明是要我們卑躬屈膝，那我就讓你們看看野蠻的驕傲！」出自電影《賽德克·巴萊》的宣傳slogan，因比喻的貼切，因此網路上有許多惡搞版本，例如：網友改編的《賽德萌巴萊》，「如果文明是要我們別裝可愛，那我就讓你們看看啾咪的驕傲。」「啾咪」意指為眨眼裝可愛的表情。

「藍瘦、香菇」等當紅名言多半有著幽默的誇張感和巧妙的比喻，能讓講者的談話更加妙趣橫生，能讓講者的話題變得更生動活潑。但是運用這些新的元素，一定要能理解slogan的真正意思，如此才能自然地運用在最適合的情境之中，讓人覺得這場演講很有趣。

🗨 如何儲備說話素材

話想說得漂亮，就必須要有好素材可用，當說話者自身蘊藏的知識越豐富，那麼他說出的話的精彩度就越高。

如果我們在談話之中能有效地運用這些素材，就越能表現出我們言談之中的含金量。若你腦袋裡空空如也，自然怎麼掏都找不出話好說，也做不了好菜。

多增廣見聞，就能瞭解世界動態、國內外新聞、科學界的新發明、藝術界新作品、娛樂新聞、影視作品等。如此一來，無論你的觀眾背景為何，你都能有話可說，避免遭遇冷場的尷尬。

絕大多數著名的演說家都透過閱讀優秀的書籍來提高自己的水準。例如：前墨西哥總統維桑特・福克斯（Vicente Fox）每天高聲朗讀莎士比亞的作品，以使他的演說風格更加完美；希臘著名政治家與演說家狄摩西尼（Demosthenes）親手抄寫修昔底德（Thucydides）的歷史著作達八次之多；英國桂冠詩人阿佛烈・丁尼生（Alfred Tennyson）每天研究聖經；十九世紀末俄國大文豪托爾斯泰（Leo Tolstoy）把《新月福音》讀了一遍又一遍，最後可以長篇背誦，這都是增加資料庫內容的方法。

書本替講者帶來無盡的靈感

前美國總統林肯是世界上著名的演說家，他的口才優秀也是得益於閱讀。他讀過了許多大文豪的經典作品，還能把英國詩人拜倫（George Gordon, Lord Byron）的詩集整本背誦下來。他在白宮時經常翻看莎士比亞（William Shakespeare）的作品。他在演說中旁徵博引所透露出的卓越學識，吸引了百萬名觀眾。

而他以尼加拉大瀑布為題材的一次演說，更是精彩絕倫：「很久以前，當哥倫布最初發現這一塊大陸，當耶穌基督被釘在十字架上，當摩西率領著以色列人渡過紅海，啊，甚至亞當從救世主的手裡逃出來，一直到現在，尼加拉大瀑布都始終在這裡怒

吼著。古代人和我們都一樣，他們見過尼加拉大瀑布，而這個比人類第一個始祖還老的尼加拉瀑布現在一樣新鮮。前世紀龐大的巨象和爬蟲也都見過尼亞加拉瀑布……」

在這段演說之中，歷史與傳說兩者被林肯巧妙地融合在一起，而且涉及了哥倫布、耶穌、摩西、亞當等在世界發展史上頗有重量的人物。使得這條看似沒有生命的大瀑布在他的描述之下，也變得像是時代的見證者一樣崇高了。

再高深、繁雜的事物，背後都有個簡單的「故事」，掌握事物的初衷、或背後的邏輯，就能以極精簡的言語去描述它。

美國是如何訓練寫作力的呢？美國的學校一學期可能只要求學生針對兩、三個題目寫作，但是同一個題目會演練很多次，例如：交完第一次作業後，老師會要求你將原先第一段的某個重點描述得更仔細，到第三次，則將原先的第二段再做增修……

透過對同一篇文章的反覆重整架構、修辭，不斷使文章趨於完美。這樣的反覆琢磨法，同樣適用於組織、架構說話內容的訓練。當然，提升說話的思想內涵，最簡單、快速的方法還是讀書、讀書、讀很多書。大量閱讀，使腦中資料庫豐沛，自然能出口成章，旁徵而博引。

👍 多旅遊，豐富人生閱歷

製造演說話題的另一個主要來源是人生閱歷，透過自身經驗挖掘出的話題最有吸引力，同時它也是取之不盡、用之不竭的。

我們都有過這樣的經驗，當就某個話題發表自己的看法時，我們總是習慣先在自己曾經有過的人生閱歷當中搜索可以作為分享的案例。因為自己親身經歷的事情，感受往往是最真切、最深刻的，也因此在表述的時候也最容易打動觀眾，引起對方的共鳴。如果恰好你與談話對象有過相似的經驗，那麼那種惺惺相惜的感覺就不是單用幾句話就能表達的了。

人生閱歷有很強大的感染力，因為每個人都有著強烈的好奇心，對於自己不知道的事情抱有強烈的熱情。所以在準備話題的時候，不妨從自己的人生閱歷入手，選擇那些鮮為人知的故事作為你談論的焦點，例如：自己的旅遊見聞、難忘的經歷等等。

每個人從事的職業不同，接觸到的人事物不同，其閱歷當然也有著千差萬別：一位經驗豐富的戰地記者，談起採訪經驗肯定真實可信；一個走遍世界各地的背包客，談起各國的風俗習慣，一定是充滿著喜悅與你分享。

臺灣知名旅遊作家褚士瑩，讓很多人都很羨慕跟嫉妒的這個年輕人，因為他在二十歲初頭時，就靠著打工賺錢，旅行了近百個國家，每一年的旅程大概都可以繞地球好幾圈。

在接受雜誌的訪談中，褚士瑩說：「從小我就是個喜歡作夢的孩子。」而開始讓他想環遊世界的那一個契機是，當他在小學三年級時，在學校圖書館裡看到諾貝爾文學獎全集，那時候的他，每天借一本回家閱讀，他說：「三年級的我雖然不能理解，為什麼幾乎每一本書的故事都有點淡淡的憂傷，但是我卻在腦海裡不斷的想像著布拉格冬天起霧的街頭，與戰後灰暗的莫斯

科。」

　　於是褚士瑩在高中時背起了行囊，跑到印尼。之後開始過著遊牧民族的生活，二十幾歲時，靠著打工賺錢，不到三十歲，他竟然已經遊歷了八、九十個國家，去過密克羅尼西亞、外蒙古、烏茲別克、以色列、土耳其、希臘、南斯拉夫、北非……

　　走過那麼多地方的褚士瑩，對於旅行自有一套自己的解讀，他說：「旅行就是換個地方過日常生活。」而他更強調的是，旅行最重要的意義，是「找到自己」。而讀者們都喜歡看他的旅遊書，聽他的旅途見聞，就彷彿自己也曾去過那裡一般。

　　旅遊是豐富人生閱歷的一個好方法，因為在旅途中，你會接觸到各式各樣的人、見到千奇百怪的風俗習慣。不僅旅遊本身，就連與旅途中那些萍水相逢者，也能增長你的見識，將經驗分享在演說內容中，絕對能讓觀眾更津津有味且印象深刻！

應對演說中的
突發狀況

公眾演說前的練習步驟

你有聽說過,音樂家在開演奏會前的一小時才在學怎麼拉小提琴的嗎?當然沒有,練習絕對非常重要。以下為上臺公眾演說之前的練習步驟:

← 公眾演說的練習步驟 →

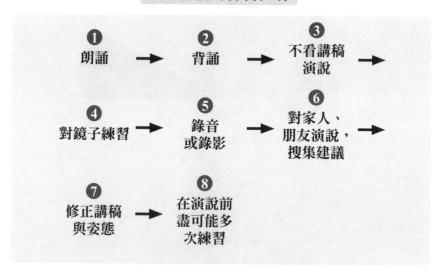

❶ 朗誦 → ❷ 背誦 → ❸ 不看講稿演說 →

❹ 對鏡子練習 → ❺ 錄音或錄影 → ❻ 對家人、朋友演說,搜集建議 →

❼ 修正講稿與姿態 → ❽ 在演說前盡可能多次練習

當你在上臺演說之前,可以做的準備順序為:

一般可以在大約兩個星期之前就開始撰寫演說大綱,演

說大綱與講稿的擬稿技巧於本書第三章有詳盡的敘述。

　　簡單來說，你可以將演說內容分類為開場、主題、要點、例子、結論等不同要點，使演說架構簡單、明瞭。只要讓你的演說以「要點」、「案例」（故事）、「總結」構成，不但能讓演說的架構清晰，也可以讓講者的思考邏輯更加延伸，使議題充分地被討論。

　　如果製作 PPT 等輔助簡報，可以在其中利用數據和簡潔的文字表達重點，將內容規劃成數十張的頁面草稿。PPT 可以幫助講者抓到演說重點、順序，也有幫助記憶的功能，在最後講者必須多預留時間讓自己可以搭配 PPT 充分地練習。

　　在演說一開始時就切中要點，闡明為何選定此主題，以及主題對於出席觀眾的重要性為何，使觀眾的注意力與思考能和講者在同一個範圍之內，達成同頻共振的效果。

　　在上臺之前，務必進行數十次的練習，雖然這聽起來似乎準備地相當謹慎，但是眾所皆知的賈伯斯在發表新產品之前，可是花了無數時間、進行了數百次的練習，優秀的演說家尚且如此，一般人怎麼能不多練習幾次呢？

　　以下為演說前的練習步驟之說明：

準備演說大綱與講稿

　　你的大綱、講稿、PPT簡報的製作，必須符合易看、易讀、易記憶的條件，所以要簡短。

🗨️ 朗誦

可以先進行「朗誦」，再「背誦」。也就是唸熟悉了之後，再練習快速朗誦，再開始默背。此階段可以限定時間，逐次加快朗誦的速度，要練習快而不亂、快而不錯。用速度來訓練自己，除了能讓自己朗誦得更順利之外，還能鍛鍊靈敏的反應，一邊幫助記憶，還能使講者訓練出能將一長串有內容、邏輯的語句流利說出的本領。同時也得把所有的故事和案例都重複說過幾遍。

🗨️ 背誦

在「背誦」的階段時，要注意語意要連貫，多連貫、少停頓（除非是你想要特別強調的地方）。此階段的重點仍是多朗誦幾遍演說講稿，可以朗讀、快讀、默背，直到你完全記住演說的內容。記住，朗誦與背誦時均要有手勢與肢體動作，以達到又「演」又「講」的目的。

🗨️ 不看講稿演說

此階段要練習到能理清思路、不停地說下去，不斷地提高話語的流暢度。

如果你的演說需要使用到PPT簡報，在此時也要盡量搭配使用，你要練習完全用自己的話清楚出來。

據研究指出，人腦一次只能同時專注在一到兩件事情上，因此你該省下心力，著重在與觀眾對話以及如何讓演說更流暢，而不是擔心PPT為什麼還沒跳下一頁。

經過幾次練習之後，你便會覺得演說內容與PPT簡報的順序開始產生連結了，感覺到整體呈現的樣貌。

👍 對鏡子練習或者錄音、錄影

當你準備要公眾演說的時候，最初階段是做好基本功，例如：咬字清楚、不做分散觀眾注意力的舉動、保持與觀眾有目光的接觸等。

你可以在鏡子前練習幾次或者錄影，檢查你的眼神和是否有一些令人分散注意力的肢體動作。並且將你的練習錄音，以改善你的音量、語調的高低、速度和各種有關聲音的問題，讓你可以掌握語調的運用及語速的控制。

👍 對家人朋友演說，搜集建議

將每一次練習都當成真實的上臺體驗，PPT簡報如何使用、在何時換下一頁，這些在練習時就得一併設想好。

練習時，請家人和朋友扮演觀眾，然後給予你臺下的反應和演說內容建議。如果沒有家人、朋友的協助，一樣可以使用鏡子練習，或者是將你的寵物當成觀眾，盡量想像自己就站在觀眾面

前。

🗨 修正講稿與姿態

　　根據前述的鏡子、錄音或錄影與家人、朋友的建議來進行修正，此階段主要是修正口語表達不清楚的地方與外在的呈現姿態，以及其他你認為不夠完美的地方，使它更為準確。

🗨 別說太多語助詞

　　所謂的語助詞，例如：「嗯」或是「啊」等，偶爾使用無傷大雅，若是每句都出現，只會讓人覺得講者不專業。

　　如果你的語助詞真的太多，也難以改正，此時你應該要採取的策略是利用短句來組成內容，也就是將演說內容分為一組組的短句，不但使重點清楚，也可以讓自己有時間喘息思考下一步。建立起演說的節奏，能讓你輕鬆記住所有演說流程，不會因為忘記一段，後面跟著全都忘光。

🗨 在演說前盡可能多次練習

　　除了無數次的練習之外，還要模擬演說當時的環境。如此一來，可以讓你在演說當下，不用耗費心思去猜測現場可能會影響演說的因素。

　　此階段的重點在於環境允許的話，盡量在擬真或類似的演說

環境下練習，如果你是在大禮堂內演說，便盡量找機會到那裡場勘，可以的話就進行實地演說。無論你在哪裡練習，每次的練習都能幫助你更有信心去面對即將來臨的公眾演說。

記住，多練習就是最好的準備，一直練習到滾瓜爛熟為止，並要確定能夠在時限內說完你的內容，你可以非常有技巧地控制你的時間、節奏和氣勢，就像一位指揮家控制演奏樂團一樣地巧妙。

另一個重點在於，越早開始練習越好，如此在演說的時候你便能有充足的自信心。當你越有自信心，你的表現就會越好。

上臺前的準備工作

　　從生物學來看，當面臨危險時，我們身體就會產生一系列的反應，讓你呈現緊繃狀態，這被稱為「戰鬥」或「逃跑」反應，讓動物好準備迎敵或者是走為上策。

　　當人類開始思考負面的事情時，大腦裡面的下視丘會開始分泌賀爾蒙，刺激促發腎上腺素的分泌，並且透過血液傳送到全身。使得人類會出現幾種反應，例如：脖子和背部的肌肉開始收縮，使頭和脊椎開始緊繃，整個人呈現出一種僵化的感覺。

　　如果此時人類想要試著伸展背部，回到正常，手腳就會因為身體本來正在進行「戰鬥」或「逃跑」的準備而開始微微顫抖。此時的血壓會開始突然升高，消化系統也會暫時停止，使全身的血液集中在準備面對的即時狀況，這就是為什麼人們總在上臺之前開始覺得口乾舌燥。

　　甚至有些人的瞳孔會開始擴張，無法閱讀清楚準備好的演說大綱，但是也因為瞳孔放大，能讓講者看向遠方的視線變得更銳利。

　　一般來說，人們上臺會感到恐懼是因為：

👍 可能失敗的壓力

當客戶或者是指導教授要求你上臺報告時，生意是否能談成，作業是否能拿高分就成為了一種潛在壓力，如果搞砸了，就可能導致你的業績低落或者是無法畢業。當失敗的機率增加，就導致壓力增加，會引起人類大量賀爾蒙的分泌，造成非常嚴重的焦慮感。

👍 對於事物不熟悉

每個人都知道，許多體驗的「第一次」總是令人緊張、崩潰。例如：開車新手總是握緊了方向盤，隨時都害怕一個沒注意就會發生車禍，但是開了幾年之後，此時就算一邊開車一邊說話、唱歌也完全不緊張了。

也就是說，只要能增加熟悉度，那麼人們的焦慮、緊張自然就會降低，那麼自然就會保持平常心，而平常心就能有效提升成功率與效率。

👍 人類基因的遺傳

當一個人面對了外在環境的干擾，其情緒反應的程度大小，人類的生物基因在此扮演了非常重要的角色。例如：貓王即使已經表演了數百場的演唱會，當他在上臺之前，還是會緊張到想嘔

231

吐，就算他是老手，受到先天基因影響，也無法完全克服這種舞台的恐懼症。

曾有一個研究是：心理學家觀察一群撞球選手，發現資深的撞球選手在有觀眾的場合之下，撞球的進袋率較高，反之，資淺選手的表現就較差。心理學家甚至發現，資深的撞球選手在眾人之前的表現，甚至比自己私下練習的成績還要好。

也就是說，如果你已經對自己的演說內容滾瓜爛熟，極有自信，那麼當你在觀眾面前演說，絕對會比自己私底下的憑空練習表現來得更好。

當你在上臺之前，可以做好以下的準備工作來提高演說成功的機率：

👍 檢查環境與器材設備

身為一個講者，要確定自己了解整個環境，例如：椅子的排列方式、演說使用的器材、麥克風、燈光等等。此外，提早到達演說的場地也能讓你對於所有的安排感到安心，因而減輕壓力。

👍 和前排觀眾聊天

如果可能，在上臺之前可以先和前面幾排的觀眾聊聊天。一方面可以讓場面更友善，幫助你減輕壓力；另一方面，那些和善

的臉能讓你演說得更輕鬆。此外，和觀眾聊天能讓你把演說的恐懼轉化為很輕鬆的私人聊天的感覺。

使用洗手間

最重要的第一件事，通常是先去洗手間，這是幫助你舒緩緊張和臨上臺前釋放壓力的正常舉動。所以，請記得，在你準備上臺之前先去一下洗手間。

喝口水，最好是檸檬水

此時喝口水能夠讓你減緩口渴，還能清爽你的喉嚨。但是要避免冷食、甜食、冷飲、乳製品、碳酸飲料，以避免「鎖喉」。此外，記得多準備一瓶水在你演說的講台或者伸手可及的地方。

做臉部放鬆動作

透過做臉部動作放鬆臉上的肌肉，例如：張大、再閉緊眼睛和嘴巴，不過避免被他人看到。

深呼吸

上臺之前緊張的情緒會讓我們的喉嚨還有全身的肌肉開始變

得緊繃，此時透過深呼吸來放鬆是很重要的。千萬不要小看長、慢、深呼吸方式的力量，這個動作能增加你流進肺部、腦部的含氧量，讓你的腎上腺素對於「面對」或「逃跑」的反應機制產生緩和。同時也會讓你的身體開始產生正常的放鬆反應。

上臺前的最後幾分鐘總是特別折磨人，一般來說，恐懼最嚴重的時候通常發生在上臺前，而不是演說當中，所以請務必花個幾分鐘讓自己冷靜下來。有些人會去洗手間深呼吸並伸展肌肉，當你深呼吸之後，可以有效減緩焦慮，思緒變得容易控制，對於較敏感的講者來說特別有用。

👍 演說之前，預先想好站的位置

如果你即將開始演說，你可以先走到舞台的後方站著習慣一下。因為坐著的姿勢讓你沒有動作，非常被動、而且沒有活躍感。但是，當你站起來的時候，你就可以提前把身體的能量放出來，給你的身體有機會暖身，此時，身體就會處於準備行動的模式。

👍 專注於正面的想法和畫面

這個做法可以提高大腦和身體連接的能力，表示你能夠學習如何去運用你的思想，正面地去影響身體上的反應。經過這個作法，你能刻意降低自己的壓力，也提高自我掌控的力量，只要你

可以保持正面的想法和畫面，就能做到。

例如：你正想著「我緊張死了，而且好像準備得不夠，等下上臺就完蛋了。」可以改成：「我絕對是這個主題的專家！」、「我準備完美而且迫不及待地想和大家分享！」身體狀態就會有明顯的改變。

開始微笑

在你準備上臺之前，臉上要保持正面、從容的表情。笑容可以放鬆身體，站在生理學的角度，笑容會激發腦內的激素來放鬆你的神經，製造舒適的感覺。

此外，笑容也象徵著自信、自我肯定，這表現出你很樂意見到你的觀眾，也很有熱忱分享你的資訊。

雖然公開演說會讓講者承受巨大的壓力，然而不論身處哪一種行業，這都屬於必備的技能。上述這些簡單卻必備的小技巧，能夠有效幫助你克服上臺之前的痛苦時光。

必須脫稿演說時，怎麼辦？

脫稿演出其實是許多人都有可能面對到的狀況，當你辛辛苦苦寫的演說講稿、大綱，卻放在家裡忘記帶了，或者是放在 usb 隨身碟的檔案到了現場卻開不了時，講者就得脫稿演說。但是脫稿演出是一件好事，為什麼？

- 因為脫稿演說，往往大家就能聽到真話了。
- 脫稿說話，往往就能暢所欲言！
- 脫稿溝通，更能促進交流與互動。
- 脫稿說話，往往更能拉進觀眾距離。
- 看似脫稿的銷售式演說，更有成功勝算！

脫稿演出是好事

一九九九年，時任美國總統的布希（George Walker Bush）訪問匈牙利，並且要在國會大廈前的科蘇特拉約什廣場演說。但是天公不作美，當布希來到廣場時，正下著雨，廣場上一片雨傘海，數千人在雨中一直等著聽他的演說。

只見布希笑容可掬地走到麥克風前面，一邊說：「女士們，先生們」，一邊向群眾揮舞雙臂致意。正當大家等著他掏出演說

講稿，沒想到布希幾下就把它撕成了碎片。

然後，他對著群眾說：「講稿太長，為使大家少淋點雨，改為即興說話。」話音剛落，人群中立刻響起了一片掌聲和歡呼聲。

除了年度的工作報告、重要會議的發言等正式場合可能需要講稿之外，在一般的工作彙報、問題討論的會議上，其實更適合脫稿演說。

當脫稿演說時，只有一個主題和內容大綱，在過程中，可以隨時調整思路和時間，更可以結合現場情況增減說話內容，有話則長，無話則短。不要看到觀眾已經心不在焉，你還在「埋頭苦說」，給自己和觀眾雙重折磨。

試想，誰願意在大雨中聽人長篇大論地說話呢？布希改為脫稿演講，正好解決了大家的矛盾心態。脫稿演說的用詞未必準確，邏輯性未必強，但收到的功效卻是一般唸稿式演講無法達到的。

實踐中已經證明，脫稿演說其實能夠增強說話的針對性和實效性，表現講者的素質和專業。特別是脫稿演說可以直說主題，避免為了追求演說的結構嚴謹、面面俱到而廢話連篇。

因為常見的是許多講者上臺發言時，常是拿著稿子一直說，講究的是結構嚴謹，經常是幾大問題、幾小問題、幾個點等，條條框框的，限制較多，結果卻讓人聽了半天也不知所云、接觸不到正題，反而本末倒置。

我要強調的是，脫稿演出是好事，不是壞事！如果講者的稿

子掉了、丟了、忘記了，那麼實際上場時就可以慢慢說，將內心的想法、心得等真誠地表達出來。脫稿演說並不可怕，重點在於你要說的內容本來就要存在你心裡，或者要說的是你很了解的事情、你有興趣的事情。

以下為脫稿演說的注意事項：

釐清現場環境的四要點

無論是脫稿演說還是唸稿講話，都有一定的目的性，即在特定的時間、特定的地點，參加特定類型的活動，針對特定的觀眾，為了達到某種目的所進行的。當講者在演說之前，一定要明確以下幾個關鍵要素，也就是搜集現場資訊，並據此來選擇演說的主軸。

時間

時間是在白天進行演說，還是在晚上進行演說？是在普通的日子演說，還是在紀念日等特殊時刻演說？時間是我們首先要考慮的，講者可根據要求的不同，來選擇合適的開場白。

地點

進行演說的地點是室內、還是室外？是會議室、禮堂還是宴會廳？等等，在進行脫稿演說時，要根據地點來調整演說的內容和篇幅。例如：在會議室演說就不宜長篇大論，最好是開門見

238

山、點到即止。

場合的類型

這是決定演說主題的核心要素，演說一般是在某種特定的場合上進行的，例如：開幕或閉幕、表揚會……演說主題必須配合場合，否則即使你的演說十分精彩，也不算是一次成功的演說。

觀眾

演說就是向觀眾傳達演說的思想和情感，在演說之前，如果不了解自己的觀眾是誰，又如何傳達真實情感呢？觀眾是上司、下屬，還是遠道而來的貴賓、來自各行各業的來賓，也影響著演說時的語氣和風格。

演說的目的

明白為了什麼而演說很重要，是為了迎接貴賓、工作彙報、知識分享，還是為了答謝致辭、銷售產品或服務？出於不同的目的，演說的內容會截然不同。「結果如何？」最終決定了此次演講的成功與否！

發自內心說話

漂亮的話，雖然用詞很優美，但是觀眾反而不太愛聽；你發自內心說的話，雖然用詞不夠優美，觀眾反而愛聽。

而且，大部分的人都有一種迷思，那就是如果要寫文章或者要演說，就一定要使用很有文學素養、有深度的句子來表現，這是錯誤的。

　　說話和寫書不一樣，寫書至少要有一定的文字素養，不能有錯別字，但是說話即使用很粗俗的方式說，也沒有關係，只要觀眾喜歡聽就好。即使講者的用詞像豬哥亮一樣直接、明白，連老人家都聽得懂，這也很好，觀眾只要感受到講者是情真意切、發自內心在敘述自己的故事，就會接受。

👍 避免用列點說明的方式

　　在脫稿演說時可以避免採用「列點」的說話方式，例如：「最重要的關鍵有五點⋯⋯」以避免當你說到第四點、第五點時突然遺忘內容。若是真的遺忘的解決方式，就是「與觀眾互動」，講者可以請觀眾回答第五點應該是什麼，然後講者便可以順勢說出自己的看法。

　　或者是一律採用「三點」的數目，條列時不超過三點，如此將能大大提高記憶性。

　　脫稿演說不是隨心所欲、毫無章法、邏輯混亂，為了保證脫稿演說的品質，講者反而要比有講稿時更注意邏輯的調理清晰。

　　一般來說，就算是即興演說，也總會有幾分鐘思考的時間，所以要充分利用這幾分鐘的時間，盡快理清思路、組織言語。也就是說，講者要能臨場觀察準備，盡快構思、熟悉演說現場環

境，及時搜集、捕捉現場的所見所聞，包括現場環境（時間、地點、場景布置）、觀眾、其他講者的演說等，以確定自己的話題，增加演說的即興因素，也可讓觀眾產生親切感。

這就要求講者有較強的臨場發揮之能力，能在短時間內把符合主題的材料組合在一起。

首先，要先想好框架，再為每一個要點想一句精彩的總結，最好再想幾個很有感情色彩的事例、故事，幾句幽默的話、名人名言，以及所要闡述觀點的核心詞語等等。

總之，圍繞著演說主題，將各種素材安排在恰當的位置上，最後連貫成文。演說的最後，還可以問問觀眾有沒有什麼問題和想法等，讓演說有一個完整的結束。

使用以上技巧，可以使你在發言時較為放鬆。你只要保持鎮定自若的神情，敢於說話，不要害怕，不要躲躲閃閃，不要因為說錯話或思路中段而臉紅窘迫，保持自己的微笑和自信，觀眾都會原諒你的小過失。

即席演說可以預作準備

一般來說，最理想的演說通常是經過講者嚴謹的規劃及長時間的準備與練習，例如：分析觀眾組成、演說內容的構思、蒐集相關素材、製作道具和 PPT 簡報、撰寫大綱和講稿等等，再加上不斷地練習、再練習。

即便是每次上臺都能讓觀眾如癡如醉的賈伯斯，在上臺之前也仍然是不斷地練習。以蘋果的產品發表會為例，短則四十分鐘，長則九十分鐘至一百二十分鐘，而賈伯斯通常都會花上兩個月以上的時間做準備，甚至到臺上的彩排，直到每個演說過程可能會碰到的問題都能夠順利被解決。

然而在日常生活中，除了與演說有直接相關的工作，例如：演說家、講師，或者是因為特定原因需要上臺演說的人，例如：客戶簡報，公司的年度季報等，通常會有許多場合都有需要臨時上臺發表演說的機會。

這種「即席演說」往往會在各種場合中突然出現，例如：當參加各種活動時，突然被主持人點名上臺說幾句話；或者是在公司開會時，老闆突然要求自己針對會議主題提出自己的看法，這種即席演說就無法像正式演說一樣先做好充分的準備，因此更是許多害怕上臺演說的人最不想碰到的情況。

即席演說抓住公式就不難

現今已是人人都需要會說話的時代，只要是出席公開場合，我們最好都做好可能會臨時被cue上臺演說的準備。如果到時真的突然被請上臺時，才不會過於驚慌失措。

其實不用過度緊張、害怕，因為這種即席演說的場合通常不需要說太久，狀態有點類似「電梯簡報」（Elevator Speech），只要我們能掌握住幾項原則，就不難應付。

就像電梯簡報時的挑戰一樣，你可能沒有電腦、也沒有PPT，你只能依靠的是你的一張嘴，而且你的時間很緊急，可能是一分鐘、兩分鐘，最多不會超過三分鐘。如果是臨時才知道的話，也要花幾分鐘時間檢視現場的主題事項，把摘要記下來。

記住，無論你最後打算說什麼有趣的開場白，無論是個人的經驗或是有趣故事等，都得預先重複說幾次你的句子，你要知道自己該說什麼會給你信心。你必須一開始就吸引觀眾的注意，要能察言觀色，表現出你的誠意，因此要記得直視觀眾們的眼神，而不是看著某處放空，如此就能先創造出良好的講者印象。

即席演說由於演說之前並沒有經過充分的準備，較容易出現狀況，例如：怯場、沉默等等。因此講者應該保持沉著、冷靜，擁有自信，如此才能保證思路通暢、言之有物、情緒飽滿、鎮定從容。演說之前緊張是自然的，你可以正視這種緊張，並採取一些適合自己的方法來處理這樣的突發狀況。以下為即興演說的應對步驟：

◎ 隨時做好須即席演說的心理準備

其實最好的準備，就是先做好心理準備，無論參加任何活動場合，尤其是應邀出席的場合，例如：在婚禮擔任主婚人，或者你是公眾人物，那麼都有被臨時邀請「說幾句話」的可能。

因此你需要預做準備，有備無患，就像前美國總統尼克森（Richard Nixon）曾說：「真正的政治家從來不會無話可說，因為他總是抱著有被請上臺說話的心理準備」。

◎ 欣然面對，表明給你準備的時間

講者要學習設法很大方、很從容地接受突如其來的「任務」，練習隨時都能面帶微笑，氣定神閒地以穩健、充滿自信的步伐走上講台，有時甚至不必上臺，只要起立或端坐即可。

當你面對到不得不即席演說的場合時，首先要做到的就是認命，也就是「欣然面對」，不要一再地推託，甚至不停地強調自己的口才很差，不知道要說什麼等等。對旁人和觀眾來說，這種態度似乎非常不夠專業，就算他們知道你也許會表現得不如預期，推託的態度也仍然會讓他們留下不好的印象。

然而如果你逞強上臺，也真的表現出口才很差或者不知道要說什麼的樣子，這當然是絕對不及格的表現。因此，如果你太擔心直接上臺的表現不好，你可以表示你願意上臺，但要給你一點準備的時間，如果可能的話，可以請其他願意上臺的人先上臺，就可以先解決當下的危機。

即席演說不需要再去準備豐富的內容，只需要針對現場的狀況說一些話即可，因此你不需要在上臺之前趕快上網google高深的專業資料，只需要找幾句名言佳句，在「開頭」和「結尾」帶入一些名言，就可以讓觀眾覺得你這位講者是有心上臺說話的。

即席演說有公式可套用

冷靜、構思，不用擔心要急著馬上說，因為從被點名上臺的一刻那算起，到走上講台或從座位上起立站妥為止，通常都能「偷到」三十秒至一分鐘左右的寶貴空檔。

短時間的即席演說，其實內容的豐富和變化都有限，因此講者可以善用「公式」來幫助自己在短時間內布局出自己的演說，讓自己知道可以說些什麼。公式如下：

最常見的公式

開頭：說一則故事、趣聞、個人經驗等，也可以說出適合當時場合特色的名言佳句。

正文：說明故事、趣聞、個人經驗帶來什麼啟示，正文只含有一個論點，然後繼續提出一些故事、案例等來支持這個論點。

結尾：最後再將論點的啟示重新敘述一遍。

用來支持論點的案例不一定要多，一個也可以，但一定要比開場的故事更有趣或有用，才能帶出演說的高潮。注意：「有趣的」與「有用的」內容是大家都愛聽的。

5W1H 的公式

開頭：使用「我是誰？」（Who）、「我要說什麼？」（What）作為簡單的開頭

正文：說明「為什麼我要上臺演說？」和「為什麼要說所選擇的主題」（Why），也可以說明「為什麼現在要說？」（When）或者「與場合的關聯性是什麼？」（Where）

結尾：說明「應該要做什麼」（How），才能完成主題提到的重點，並強調做了之後會帶來什麼好處呢？

「三」的公式

尋找三個相關的重點說法，例如：「過去」、「現在」、「未來」；「個人」、「家庭」、「國家」等等，分別搭配適當的故事、趣聞、個人經驗，作為開頭、正文及結尾。

表態的公式

開頭：先說一則故事、趣聞、個人經驗，然後針對演說主題表態贊成或反對，有時為了避免得罪特定觀眾，也可表示自己的態度保持中立。

正文：以一連串的故事、趣聞、個人經驗來說明為什麼自己贊成或反對，如果選擇的是中立立場，就要同時說明贊成及反對的理由。

結尾：分析贊成或反對態度可能帶來的結果：痛處與好處。

補充說明的公式

如果在你之前已經有人發表演說，你也可以直接引述前面的人說過的內容，再加以評論。但是此時最好不要表態反對，而是以「我還有幾點心得可以補充」等說法，選擇用「錦上添花」的方式，以免場面尷尬。

即席演說的注意事項

無論你決定採用哪一種公式來套用，都應該注意以下事項：

避免表現得過度急迫

因為即席演說的時間一般都很短，也有可能當講者說完以後，觀眾還不知道有人在演說，如此，就白費了講者的準備了。

所以，開場非常重要，如果擔心沒有人想聽，也可以用「問答」來和觀眾互動，確保觀眾注意到自己正準備要演說。在互動過程中，也能為講者爭取時間，思考接下來要說什麼。

因此，千萬不要一上臺就急著說，而是要先爭取觀眾的「注意」，再從容不迫地將想說的內容說出來，例如：「現在我要分享的是……」或是「我想和大家說的是……」來帶出你的內容。

避免長篇大論

即席演說的時間有限，假設講者一秒鐘能說三個字，三分鐘也不過說五百四十個字，然而因為即席演說要邊想邊說，因此停

頓的時間會比正常演說來得多和久，語速也會比較慢。此時不需要你說出多麼具有深度的內容，然而如果言之無物又長篇大論，可能就會讓觀眾失去耐心。

多說故事

與場合環境、主題有關的故事，好構思又能豐富演說內容，能快速讓觀眾產生興趣，也不會出現什麼問題，因此多說故事就對了。

就地取材

在你已經「山窮水盡」時，就可以找現場的人、事、物來當作話題，例如：某個人、某間公司、某個成就、某個紀錄、講堂容納的人數、今天的天氣等。

要能達到上述的臨機應變能力，仍然有賴於平常演說練習時，豐富的肢體語言與常備故事、案例的多方練習。只要抱持著平常心，以平日與人聊天的豐富經驗作為基礎，就能漸漸降低以往對即席演說的過度恐懼了。

Speech
32
冷場了怎麼辦？

　　「公眾演說」本身就是展示自己的一種舞台，如果站在舞台上你滔滔不絕地說，結果臺下的觀眾卻絲毫沒有反應的話，那麼顯而易見你的演說就是失敗的。這種局面的呈現，最大的問題就在於講者的內容沒有吸引力。

　　如果講者演說的內容沒有吸引力，觀眾雖然出於禮貌，會「演出」聽得很認真的感覺，但實際上仍是心不在焉、毫無反應，也就是你讓場面冷了。那麼該如何才能巧妙地應對演說中的冷場呢？你可以這麼做：

激起觀眾的熱情：互動

　　不要只是一味地說，講者必須適當地和觀眾互動，效果會更好。講者在以自己的演說內容和生動的語言來感染觀眾的同時，觀眾的積極回應也有利於推動演說的順利進行。

　　因此，在需要的時候可以向觀眾提出有針對性和啟發性的問題，可以刺激觀眾參與演說活動，使他們意識到：「我自己也是這場演說的重要一份子」，如此能有效地避免冷場，也能更好的表達你所要傳達的意思。

👍 等待回應，再繼續說

沒完沒了地說只會讓觀眾產生厭倦，單向傳達的演說越短越好，在雙向交流的演講當中，記得不要滔滔不絕地說，要有意識地留下觀眾發言的時間和機會。不需要直接將你的內容說完，而是等待觀眾有所回應、反應之後，再繼續說。

👍 好用的故事話題

當講者遭遇冷場時，也可透過暫時變換話題的方法來重新吸引回觀眾的注意力。例如：透過穿插趣聞軼事來活躍現場氣氛，讓觀眾想繼續聽下去。

故事是人們在生活中不可或缺的話題，生活中的許多情趣也由此而來。講者必須抓住人們渴望「聽有趣的事」的內心傾向，恰當又適時地說一些趣聞軼事，使呆板的演說現場立刻活躍起來，觀眾的注意力也能被迅速地拉回到演說內容上。

演說高手也都是說故事的好手，所以說故事的能力是非常重要的。演說中的故事最好是自己親身經歷過的事情，因為這樣的故事更容易讓觀眾留下深刻的印象，引發共鳴。當講者回到原有話題的軌道上時，觀眾的注意力就理想得多了。

製造懸念

冷場時，可以讓觀眾充滿好奇，也才能有興趣繼續聽你的演說。好的懸念不僅能夠使講者再度成為觀眾注目的中心，並且能夠活躍現場氣氛，激發觀眾聆聽與參與的興趣。

因此，在演說中製造懸念，可以有效地吸引觀眾的注意力，使演說的資訊和情感得以準確地傳達。如果講者能在出現冷場的情況下，適時地製造一、兩個懸念，暴露幾個無傷大雅的祕密確實是重新吸引觀眾注意力非常有效的辦法。

點名觀眾讚美或交談

誰都喜歡別人稱讚自己，這也適用於演說當中。當觀眾發現演說內容和自己的關係似乎不大時，自然不會給予太多的關注，在這種情況下，就常常會出現冷場。因此，講者應採用得當的方法，拉近與觀眾的心理距離。也就是可以適時地「點名」幾位觀眾稱讚或是交談，可以拉回全場觀眾的注意力。

平時儲備「庫存的話題」

冷場的原因往往和話題有關，不希望出現冷場的講者，應當事先做些準備，讓自己有一些「庫存的話題」。例如：觀眾的孩子、觀眾的個人愛好、影視戲劇、新聞事件、旅遊、美食等等，

因為觀眾有話題的熟悉度，便有興趣繼續聽下去。

適時使用多媒體工具

在現在社會的演說中，PPT似乎已經成為必不可少的一部分，無論是蘋果、小米的產品發表會，還是講師的課程，似乎都離不開PPT的輔助說明，提供適當的動畫和圖片會讓你的演說更精彩，同時也會讓觀眾更集中精神，畢竟，讓觀眾「看」與「聽」同時進行，交互作用下，效果肯定會更好！

但要注意每一頁只表達一個觀點，講者最容易犯的一個錯誤就是把許多毫無關聯的點放在同一張PPT上，這樣不僅會給觀眾很大的視覺壓力，並且也會分散觀眾的注意力，讓演說效果大打折扣。

所以在準備的過程中，一定要把不同的點分開放，每一頁盡量只表達一個觀點，使演說結構更為清晰。

開始走動，別一直呆站原地

好的演說一定是有互動的，講者必須要用各種方法與觀眾進行互動，除了前面章節說明過的眼神交流、肢體語言、臉部表情之外，講者也可以透過在講台上移動，甚至走下講台來實現互動，因為總是在一個地方不動是很難照顧到全部觀眾的，如此也可拉回觀眾的注意力。

👍 聲音的起伏和節奏的變化

　　正式演講時一般持續的時間會比較長，所以如果講者在整個演說的過程中都以同樣的語速、同樣的節奏和聲調進行演說，觀眾的內心無疑將會是覺得昏昏欲睡的。因此，講者需要透過變化自己的節奏和音調，不斷地刺激觀眾的注意力，但要注意別使用過度，惹人不耐。

👍 讓樁腳帶動氣氛

　　一般來說，臺下總會有一些講者的親朋好友或粉絲等「樁腳」人物，若能讓「樁腳」帶動氣氛，便很容易讓其他觀眾附和他們，能讓你更能發揮實力。

　　記住，可別受到某些反應冷淡的觀眾影響，例如：玩手機的、打瞌睡的、不屑一顧的人。你應該看看那些微笑或者點頭贊同的人，你可不能因為少數人的負面表現而讓你的演說對不起其他認真聽講的人。

忘詞了怎麼辦？

　　許多講者可能都有過這樣的經驗，正在講台上熱情激昂地說，一切都很順利，沒想到突然之間腦海中一片空白……

　　天啊！臺下幾十雙、幾百雙、甚至上千雙眼睛此時就像是雷射光一樣，看得你全身冷汗都開始冒出來，心想：「接下來我要說的到底是什麼？怎麼辦？……」

　　在演說中突然忘詞當然是一件讓人尷尬的事情，但其實也沒什麼大不了。

　　面對成百上千的觀眾，緊張在所難免，特別是初次登臺的新手，一看到臺下的觀眾就開始冒汗，說起話來聲音發抖、微小，說著、說著，場地突然一個聲響，自己就把接下來的臺詞都給忘了，一時之間什麼也想不起來，慌張到不行。

　　因此你要有一個認知，作為講者，事先準備得再充分，一旦走上臺去都可能會發生狀況。許多人因此每次要上臺演說都緊張地開始顫抖、冒汗，就怕自己忘詞，不知要怎麼下臺階才好。

　　許多名人都遭遇過這種情況，但這依然不妨礙他們受人喜愛，例如：著名健忘的歌手周華健在唱歌時也經常忘記歌詞，哪怕是唱已經唱了很多次的歌曲也不例外，但是他會

提前準備好提示板，或者是趕緊將麥克風遞給臺下的歌迷接唱，便能安全地度過忘詞的危機。

當然，在實際演說中，你不可能像歌手一樣將麥克風直接遞給臺下的觀眾交差，但是這至少告訴我們一件事，那就是「忘詞沒什麼」，關鍵是忘詞以後該如何應對，我們完全可以從那種讓人冒冷汗的尷尬狀態下擺脫出來。

以下提供忘詞時的小技巧：

👍 中途插話別的話題

當你忘詞時，可以說：「坐在後面的朋友聽得清楚嗎？」或者找出一個問題和觀眾互動都可以。在說的同時用眼睛環視四周，這樣可以為你爭取時間。

或者是在忘詞時，幽默一下，例如你可以冷靜地對觀眾說：「你們覺得我今天的髮型是不是很像劉德華？」讓觀眾也暫時放鬆一下。

👍 別慌張，面帶微笑

對於忘詞，心急沒有幫助，講者更不能出現抓頭、抓耳朵、搔下巴等有損風度的肢體動作。

此時，你更應該面帶微笑，放鬆下來，喝口水，或者低頭整理、偷瞄一下大綱，這段時間雖然很短，通常只有幾秒鐘的時

間，但可以讓你理順一下思路，幫助你回想。

👍 將演說順序互換

一旦忘詞，在沒有別的辦法的情況之下，講者千萬不能愣在那裡苦想，這樣只會使你自己更加緊張，並且會影響演說效果。

如果你在說一個要點之前，已經提前意識到自己忘詞了，就可以有意地放慢語速，插入一些其他的話題，或者靈機一動乾脆另起爐灶，另擇詞彙，重新組織思維，然後順著你的新思路把話題接下去，直到你記起後面的詞來。

也就是，你可以繼續往下說自己還記得的內容，等到自己想起時，再跳回來補充說明之前忘詞的部分。

👍 想不起來也可以見好就收

如果短時間內無法找回要說的完整的內容，就寧可將已知的要點說完整、清晰、見好就收，也不要拖拖拉拉，因為當人越緊張，越會忘詞。

當然，這需要很機靈的應變本事，尤其是能接得天衣無縫的人並不是很多，多數講者臨時現場編出來的內容，觀眾都聽得出來的，但這總比呆愣在臺上要好多了。

自然地看看大綱或講稿

如果有演說大綱或講稿，你可以自然地看一下大綱，然後繼續演說。但是千萬不要半個身子趴在桌子上去看或者明顯地低下頭去看，你只需要偏移一下視線即可。

如果沒有，你可以對前面的內容進行總結。一般來說，演說中會忘詞的部分通常是發生在上下兩點之間，例如：說完第一點之後，忘了該怎麼接下去說第二點，這時你就可以回顧、總結一下第一點的內容。

如果這樣還不奏效，你就可以撇開演說大綱，從演說的主題或關鍵字引申去說，即使最後仍說得不夠好，也比站在臺上面紅耳赤的好。

請觀眾一起想一想

必要的時候，如果觀眾手上有你分發的講義，你就可以大方地請觀眾提供幫助，例如：「大家覺得下一個重點的案例會有哪些呢？我們一起來討論看看、想想看，請這位美麗的小姐來發表一下意見。」

一般來說，觀眾都是善良的，只要你的演說夠真誠，他們多半都願意配合你回答問題或發表想法。

🗨 別長時間沉默

重點在於，千萬不要就此長時間地沉默下去，當然你可以有一瞬間或幾秒鐘的沉默，此時觀眾會認為你是在強調自己所說過的內容，而不自覺地去回想這一段內容，但是如果你是長時間的沉默，觀眾就會開始焦慮、不耐煩。

此時你一定仍然要開口說話，說什麼都可以，只要與演說主題有關即可。

🗨 坦誠使你更能獲得理解

講者也無須將演說過度神聖化，認為講師就應該完美、不應該出錯、不能忘詞，沒有人這麼規定的，這都是我們給自己的心理暗示，這種心理暗示逐漸成為了一種認知習慣，並最終形成了極大的心理壓力。在這種壓力之下，講者很少能老實承認自己忘詞了。

但是誰也不能保證自己演說時不忘詞，你也可以大方地坦承自己忘詞了，因為坦誠、因為不假裝、和觀眾說實話，這反而能提升觀眾對你的好感。

當然，這不是主張講者可以不認真準備演說，然後希望觀眾可以大方地「原諒」自己，剛好相反，如果你不想忘詞，那麼除了認真地、謹慎地準備演說，講者沒有第二條路可走。

但是，如果真的不幸地在演說時忘詞了，就大方承認吧！順

勢而為，因為坦承要比掩飾、遮蓋更容易獲得觀眾的理解和諒解。

　　當然，緊張是忘詞的一個至關重要的原因，在將準備工作都做足的情況之下，你一定要充分瞭解你的觀眾、熟悉環境，並用十足的自信和耐心、全心的投入去進行演說。只要全心投入、自信以對，忘詞的現象就會越來越少。

　　解決演說忘詞的方法可能還有更多，但是有良好的心理素質還是最重要的，平時講者必須要多練習臨場反應，在練習中提升自己沉著和隨機應變的能力才是。

失言後的補救措施

在現今的時代，一般人需要在公眾面前臨場發言，甚至面對媒體的情況越來越普遍，提高公眾演說的能力是現代人應該具備的基本素質。

然而，表現得好是一回事，因為媒體、網路發達，一旦不慎說錯話，這個「失言」往往會被即時曝光、擴散，引起更嚴重的軒然大波。這也是許多人常常擔心的，特別是官員與高管階層失言的嚴重性就更大了。

在演說中，受到時間的限制，講者沒有多少時間對自己要說的話進行仔細推敲，有時難免會說出一些錯話。此外，在某些特定的環境中，講者若思慮欠周到或者有其知識的侷限，都難免會說錯話，說錯話會使當事人陷入十分尷尬的窘境。

俗話說：「人非聖賢，孰能無過。」不過，即使臨場時不慎說錯話了，也並非完全不能補救，失言並不可怕，重要的是失言後要找到恰當而巧妙的補錯技巧，如此不僅能有效地化解尷尬局面，也許還能為你的演說平添一番妙趣。以下有幾個方法或許能幫你「化險為夷」：

👍 及時認錯也無妨

說錯話了，可以當場承認錯誤也沒有關係，丟面子總比一錯再錯要好，有時透過急智的話語，還能及時化解錯誤帶來的尷尬場面。

例如，前美國總統小布希曾在二〇〇七年歡迎英國女王時發生失言狀況，小布希說：「您曾經和十位美國總統共進過晚餐，您還參加了美國獨立兩百周年紀念儀式，那是在一七……嗯，是一九七六年。」雖然布希及時改正了口誤，但還是使得觀眾席上大爆笑。

小布希回頭看了看英國女王，並眨了下眼睛。女王則冷淡地回看了布希一眼。看到女王的反應，小布希接著說：「女王剛才看我的眼神，就像一個母親在看自己犯錯的孩子一樣……」此言一出，觀眾席上爆發出更大的笑聲，使得女王也露出了笑容。

👍 將錯就錯

例如，一位官員於一次報告時，將「人民的生活一年比一年好」誤說成了「人民的生活一年比一年差」。此語一出，舉座驚愕。

他發覺失言之後，不急不徐地接上：「有的人是這麼認為的。事實真是這樣嗎？不，我們有大量實證可以駁倒這種謬論。」接著將他的報告不動聲色地進行下去，避免了一起敏感的

風波。

👍 更換概念解釋

談到失言，《晉書》曾記載了竹林七賢之一的阮籍化解失語的一個案例：

阮籍與司馬昭有一次同上早朝，忽然有侍者前來報告一起案件「有人殺死了自己的母親」。放蕩不羈的阮籍信口便說：「殺父親也就罷了，怎麼能殺母親呢？」

此言一出，滿朝文武大嘩，認為他「牴牾孝道」，阮籍也意識到自己失言，連忙解釋道：「我的意思是說，禽獸知其母而不知其父。殺父就如同禽獸一般，殺母呢？就連禽獸也不如了。」這席話，使得眾人無可辯駁，也使阮籍避免了殺身之禍。

其實，阮籍只是使用了一個比喻，暗中更換了題旨，然後借題發揮一番，就平息了眾怒。

👍 移花接木第三人

當我們一句話出口之後，意識到失言了，也可以馬上轉口說：「這是『某些人』的觀點，我認為正確的說法應該是……」這就糾正了自己的某句錯誤。觀眾雖然可能會產生你失言了的感覺，但還是無法認定你是真的說錯了。

導引正確後，加上補充

也就是迅速地拋下失言的話，接著失言之後說：「然而，我認為正確的說法應該是……」，並且再說：「剛才的那句話還應該做如下的修正……」如此就可將錯話彌補得較為圓滿。

幽默的順勢轉接

有時，說話者失言之後可視情況對失言進行順水推舟，巧妙地進行幽默的轉接，使之自圓其說，化誤為正。

例如，某主持人在音樂晚會上用優美的聲調說「各位先生、女士，我們將欣賞到多次獲得國際大獎的世界著名作曲家王傑克先生為我們演奏幾首小提琴的美妙樂曲！」

「我不是小提琴家……」王傑克小聲地對主持人說。

「我是鋼琴家……」

「各位先生、女士，」主持人連忙說，「不巧，王傑克先生把小提琴忘在家裡了，因此，今天他改用他最擅長的鋼琴來為各位演奏幾支經典曲子。這個機會更難得啊！請大家掌聲鼓掌歡迎！」觀眾席上響起了笑聲和熱烈的掌聲。

主持人的身分使得失言顯得更加尷尬，然而，他卻能隨機應變，幽默地順水推舟，將錯話進行轉接，並用「機會更難得」來誇飾，使得現場的氣氛更加活躍起來。

👍 逆向挽救

當講者失言時，有時也可以採用逆向挽救的辦法，形成一種出其不意、正話反說的表達效果，巧妙地彌補失言漏洞。例如，有A、B兩人的一段對話如下：

A：「請問，假如有一個壞人和一個好人，你會選擇和壞人當朋友呢？還是選擇和好人當朋友呢？」

B：「我當然選擇壞人……（說錯了）」

A：「物以類聚，你也是站在壞人那一邊了吧？」

B：「不……我是為了把壞人改造成好人，才選擇和壞人當朋友的。」

當B在失言之後，便採用了逆向挽救的方法，將錯話轉意，富有哲理，意味深長，顯得十分機智。

👍 轉換別種角度解釋

當講者失言之後，也可以轉換另一個角度對錯誤的話進行解釋，在特定的語境中的特定解釋，往往可以使錯話轉意，解釋得合情合理，錯話也就「不錯」了。

例如，某演說家在演說時，高高地豎起大拇指說：「男人，像大拇指。」他一時興起，又說：「女人，像小拇指。」不料，話音剛落，全場譁然，女性觀眾表示強烈反對演說家的比喻。

演說家見狀，自知失言，得罪了女性觀眾。他靈機一動，立

刻解釋道：「女性朋友們，我們人類的大拇指是粗壯、有力的，小拇指是纖細、苗條、可愛的。不知道女性朋友之中，哪一位真的願意想當大拇指的呢？」這麼一句話便平息了女性觀眾的不滿。

在這裡，演說家在失言之後，能隨機應變，變換一個角度，針對女性觀眾的審美心理，從「小拇指」的外形特點，找出女性觀眾會喜歡聽的話語，抵消了這個比喻較為歧視女性的感受，並且相當生動，言之成趣。

👍 表示少說了一句的補充說明

當年，在前美國總統雷根遇刺消息傳出之後，白宮一片慌亂，官員不知所措，只好由富有經驗的國務卿黑格出來主持局面。

在記者會上，有位記者問：「國務卿先生，總統是否已經中彈了？」

黑格回答：「無可奉告。」

記者又問：「目前由誰主持白宮的工作？」

黑格答道：「根據憲法規定，總統之後是副總統和國務卿，現在副總統不在華盛頓，由我來主持工作。」

此言一出，立即引起了軒然大波，記者們議論紛紛。

另一記者馬上又問：「國務卿先生，美國憲法是不是修改了？我記得美國憲法是說總統、副總統之後，是眾議院議長和參

議院議長，而不是國務卿。」

黑格明白是自己說錯話了，他急中生智地反問道：「請問在兩院議長之後又是誰呢？他們也都不在白宮現場，當然由我來主持。剛才為了節約時間，少說了一句而已。」

黑格對自己的失言進行了補救，他補充出少說的部分而順之推論，所說的話也就變得言之成理了。

順勢反駁自己的失言

如果不慎發生口誤，把意思說反或說偏，會直接影響自己真正本意的傳達，使下文無法繼續。此時，可以迅速調整情緒和立場，堅決果斷地把說錯的意思推向自己的對立面，故意將失言加以反駁。

有位講者在「獻給母親的愛」演說當中，將「我的這片深情，是獻給天下所有母親的。」這句話說成「我的這片深情，是獻給我母親的」。如果將錯就錯，接著說下去，與後面的內容就無法銜接了。

此時，他便不慌不忙，用加重的語氣說：「朋友們，你們說我這樣做，對嗎？我這樣是多麼的自私啊！」接下來，他又用具體的事例說明了為什麼要把這片深情獻給天下所有的母親，而不能僅僅只是自己的母親。

講者將意思說偏了，使得下文無法繼續。然而他並沒有緊張，而是馬上加重語氣，對自己剛剛說的失誤質疑，加以批駁。

然後，再適當補充這方面的事例，將這段批駁充實成演說中相對的一個段落，在糾正錯誤、引出觀點的同時也豐富了演說內容，可謂反敗為勝。如此不僅使錯誤得以糾正，使正確的意思得以重申，還為自己的論點添加了一個論據，增強了論證的力量。

重複失言來巧妙復位

著名相聲演員馬季，有一次到湖北省黃石市演出。在他表演之前，有一位演員錯把「黃石市」說成了「黃石縣」，引起了觀眾的哄笑。

在笑聲中，輪到馬季登場演出，他一開口就說：「今天，我們有幸來到黃石省演出……」這話把哄笑聲中的觀眾更弄糊塗了。

正當觀眾竊竊私語時，馬季解釋：「剛才，我們的一位演員把黃石市說成縣，降了一級。我在這裡當然要說成省，提上一級。這樣一降一提，哈！就平啦！」這幾句話引得全場哄堂大笑，馬季機智地用「負負得正」的技巧圓了場，使演出得以順利愉快地進行。

不可能每個人都喜歡你

在演說中，有一個有趣的原則。如果講者不允許自己說錯一句話，那麼這場演說在很大程度上也不會很精彩。要做到完全沒有任何風險，就等於完全沒有任何亮點，因為高潮往往都與失敗為伍，講者「要能允許自己失敗」。

如果所有人都能很快聽懂，雖然安全，但也證明講者的演說內容太淺；如果一定要所有人每時、每刻都認真聽，除非你的故事太八卦或者你是非常重要的大咖人物。

記住，不要為說錯一句話而耿耿於懷，或者一直盯著那些發呆的觀眾，心裡想著怎麼改正這個錯誤，這樣壓力會很大，影響之後的發揮。

基本上不可能讓所有人都喜歡你說的內容，在演說時，你可以看著那些友善、認真聽講並給予反應的人，這是講者演說信心的來源。一旦發現關注率變低了，你可以趕快說個笑話、換一段內容，重新吸引觀眾的目光才是最重要的。

👍 公眾演說前，多思量

透過好口才的媒介，陌生人可以變成知己，長期形成的隔閡

可以消失，人與人之間也正是因為有語言溝通才能更好地交流，有交流才會產生情感。

然而有所謂的「說者無心，聽者有意」這就是告訴我們，說話要經過大腦。有時候講者不經意間說出的一句話，卻得罪了別人。有的人可能會覺得沒什麼，一笑了之；有的人卻可能覺得自尊心受到了傷害。

因此這就要求講者盡量避免在公開場合說一些有傷人之嫌的話，因為可能你無心說出的話，卻給他人造成了莫名的痛苦。誰又願意看到自己說出的話無意中傷害了他人呢？所以，在你說話之前，一定要多多思量一番，不該說的話就不要說出口。

有一個相當知名的故事：

有一個人請朋友來家裡做客，看看時間都快到了，還有一大半的人沒來，心裡很著急，便自言自語地說：「怎麼搞的，該來的客人還不來？」一些敏感的客人聽到了，心想：「該來的沒來，那我們是不該來的？」於是就生氣地離開了。

主人看到這種情況，又著急了，便說：「怎麼這些不該走的客人，反倒走了呢？」剩下的客人一聽，又想：「走了的是不該走的，那我們這些沒走的倒是該走的了！」於是又走了。

最後只剩下一個跟主人較親近的朋友，看到這種尷尬的場面，就勸主人：「你說話前應該先考慮一下，否則說錯了話，就不容易收回來了。」

主人大喊冤枉，急忙解釋說：「我並不是要叫他們走啊！」這位朋友聽了大為光火，說：「不是叫他們走，那就是叫我走

吧！」說完，這位朋友頭也不回地離開了。

這個主人顯然是忽略了自己的話與言下之意的因果關係。他沒想到自己的無心之話，讓在場的客人對他的言下之意從另一個極端加以引申，以至於出現了連環誤會。要是追究其罪的話，該罪還要歸於主人自己的無心造成的。

其實這些歸納起來，就是沒有在話說出口前，先在大腦裡好好想想，所以造成了不必要的誤會。因此，說話之前一定要經過大腦，不要讓無心之語激怒他人。

在生活中，我們還會經常遇到一些拿人取笑的例子，例如：用無中生有、用對方舊有的蠢事等方法調侃取樂，有時會給受奚落者帶來傷害，當然這是有意的玩笑而成無意傷害。也有些人習慣將別人的缺陷誇大，把自己美化，津津有味、自我滿足，但是在公眾演說的場合上，這都是絕對不能出現的無心失誤。

古人說：「覆水難收」。說話就像潑出去的水，有去無回，所以一句話要出口之前，不能不三思。

說話是一門藝術，即使說好話，也要顧慮不能你說這個人好，卻得罪了那個人，這話就說得不夠高明了。話說不好，讓人聽了不高興，當然就更不能說了。那麼在演說中，有什麼類型的話是最好不要說的呢？

禁說抱怨

人在不滿意的時候，經常會說出抱怨的話，例如：怨恨主管、討厭朋友，甚至埋怨家人。當你在演說時經常說出抱怨的

話，被觀眾聽到之後，難免藉機借題發揮、搬弄是非，說講者要對付這個人、討厭那個人，最後自己一定會自食苦果，何苦來哉？

禁說損人

有的人輕浮，對人不夠尊重、包容，經常在言談之間說些損人的話，有時候是損人利己，有時是損人不利己。語言損人是一時的，但自己的人格被人看輕，所受的傷害是永久的。特別是講者掌握了說話的發語權，務必注意在大庭廣眾之下的損人，肯定不利己。

禁說不實

佛教的「五戒」，「妄語戒」是其中之一，妄語就是「是的說非、非的說是」，也就是所謂「說謊」，是不實在的話。

「狼來了」的謊話在觀眾面前說慣了，會帶來嚴重的後果，一傳十、十傳百，這是多麼可怕的連鎖效應，現代網路資訊發達，任何真相都可能會有大白的一天，不可不慎。

禁說機密

人們存在著很多機密，包括家庭的、公司的，業界有業界的機密，政府有政府的機密。現在到處都很重視機密的保護，如果你洩露了某些業界、甚至國家的機密，百害而無一利，甚至可能被黑道威脅、負上刑責。

因此，我們應該養成不亂爆料的習慣，在你想對外公開機密之前，先要想到可能引發的不良後果，知道超出分寸的嚴重性，就不會胡亂開口了。

禁說自誇

有的講者在言談之間，特別喜歡宣傳自己、自我誇大，觀眾並不是笨蛋，他們也知道自誇的人有幾兩重，當你說了一堆過於自誇的話，觀眾心裡也不一定能認同，除了無實益之外，反而還損傷講者的名聲。

人要多偉大，必須做出一些偉大的事業，並且偉大是要別人說的，你不能自稱偉大，作為面對大眾的演說家，還是謙卑點為好。

禁說喪志

有些人經常喜歡說喪志、洩氣的話，其實人生應該接受別人的鼓勵，即使沒有人為你打氣，你也要能自我鼓勵。特別是一個演說家，因為他要作為的是一個典範的角色、一個能帶給別人力量的角色，不能反而說些喪氣的話，使觀眾覺得不夠專業，不能跟隨。

禁說負氣

人在生氣時，往往不自覺地會說出負氣的話來，有時是傷害別人，有時也傷害了自己。當講者因故產生情緒的時候，最好要

能保持冷靜，不要隨便擅自脫離講稿發言，因為氣頭上所說的話，往往很難聽，而且沒好處，事後一定會後悔。

禁說隱私

每個人都有隱私，自己的隱私當然不希望被人知道，別人的隱私你也不能擅自為他分享。就算你在公眾場合揭發他人的隱私，沒有引起對方的反擊，但是也同時在觀眾面前暴露了自己不厚道的性格。人要互相尊重，不要擅自暴露他人的隱私。否則一來一往，難保不造成更大的事端。

除上以外，當然還有很多不當的話不能說，有很多不當的行為不能有。真正的演說家除了有許多隱性的道德規範得遵守，並且要能在任何干擾之下，都能完整說出要傳達的事情，演說得精彩。

如果你得不到所期望的效果，不必灰心，因為演說就像其它技巧一般，多做就會熟練。只要你持續增進自己的知識和累積經驗，建立一位公眾演說家應有的信心和技巧，這些知識和經驗就能充實你和觀眾的生命。

在未來，你的演說就可能觸動不少觀眾的生命，幫助他們從自己的生命中發現更多美好的事物，也讓你從中獲得良好的名聲與更多的財富。祝福您了。

參考資料與網站

*Wikipedia ╱隆納‧雷根
https://zh.wikipedia.org/wiki/%E7%BD%97%E7%BA%B3%E5%BE%B7%
C2%B7%E9%87%8C%E6%A0%B9

*Wikipedia ╱草根媒體
https://zh.wikipedia.org/wiki/%E8%87%AA%E5%AA%92%E4%BD%93

* 每日頭條╱公開發表演講，比死亡還可怕的事？
https://kknews.cc/zh-tw/psychology/mpb86g.html

*Wikipedia ╱馬克‧吐溫
https://zh.wikipedia.org/wiki/%E9%A9%AC%E5%85%8B%C2%B7%E5%
90%90%E6%B8%A9

*Wikipedia ╱湯瑪斯‧傑佛遜
https://zh.wikipedia.org/wiki/%E6%89%98%E9%A9%AC%E6%96%AF%
C2%B7%E6%9D%B0%E6%96%90%E9%80%8A

*Wikipedia ╱王者之聲：宣戰時刻
https://zh.wikipedia.org/wiki/%E5%9B%BD%E7%8E%8B%E7%9A%84%
E6%BC%94%E8%AE%B2

*Baidu 百科╱公眾演說
http://baike.baidu.com/subview/2431865/2431865.htm

* 每日頭條╱領導者四大完美演講技巧
https://kknews.cc/education/gqnlyy.html

* 胡焱喬╱領導力口才╱脫稿演講的靈活式
https://kknews.cc/education/rq8lgo.html

* 英文名人名言佳句╱《哈利波特》作者 J.K. Rowling 的演講
http://www.dailyenglishquote.com/2012/03/j-k-rowling-speech/

* 勵志演講╱ 3 個大學生必看的名人演講稿╱喬布斯在斯坦福畢業典禮的演講
http://mingyanjiaju.org/lizhiyanjiang/87984.html

* 鄭振飛╱地產操盤手：大銷講與小銷講
http://big.hi138.com/guanlixue/shichangyingxiao/201512/465270.asp

* 天下雜誌 46 期╱演講的技巧（鄭惟和取材自亞洲華爾街日報）
http://www.cw.com.tw/article/article.action?id=5040326

* Wikipedia ／演講的技巧／小馬丁 • 路德 • 金恩（Martin Luther King Jr.）
 https://zh.wikipedia.org/wiki/%E9%A9%AC%E4%B8%81%C2%B7%E8%
 B7%AF%E5%BE%B7%C2%B7%E9%87%91

* 壹讀／有關於英國首相邱吉爾的故事名言／邱吉爾二戰演講
 https://read01.com/Bd3zzz.html

* 行銷捷境／資訊產品藍圖：銷講的 9 個流程與 12 項資訊商品
 http://blog.iamrockylin.com/12%E9%A0%85%E8%B3%87%E8%A8%8A
 %E5%95%86%E5%93%81%E8%88%87%E9%8A%B7%E8%AC%9B%E
 6%B5%81%E7%A8%8B

* 國語文教學資料庫／演說教學
 http://www.ntcu.edu.tw/lan/chinese%20center/main1-2.html

*Cheers 雜誌／ 118 期／你會說話嗎：一堂 3 萬元的課
 http://www.cheers.com.tw/article/article.action?id=5021869&from=share

* 大紀元／ TED 超級演說者的七個公眾演講祕訣
 http://www.epochtimes.com/b5/16/2/18/n4642765.htm

* 郭育志溝通技巧網／公眾演講技巧 http://www.speaker-kuo.com/download/
 Publictalk.pdf

*《經理人月刊》／股神巴菲特學過最重要的一課：卡內基訓練
 https://www.managertoday.com.tw/articles/view/2078

* 行政院／人事行政總處公務人力發展中心發行電子報／世新大學口語傳播系
 講師楊迺仁
 http://epaper.hrd.gov.tw/148/EDM148-0504.htm

*《跟 TED 學表達，讓世界記住你》／卡曼 • 蓋洛（Carmine Gallo）／先覺
 出版社

收藏大師風采，不用花大錢！

　　EDBA 擎天商學院係由世界華人八大明師王擎天博士開設的一系列淘金財富課程，揭開如何成為鉅富的秘密，只限「王道增智會」會員能報名學習。內容豐富精彩且實用因而深受學員歡迎，為嘉惠其他未能有幸上到課的讀者朋友們，創見出版社除了推出了《借力與整合的秘密》實體書，亦同步發行了實際課程實況 Live 影音有聲書，是王博士在王道增智會講授「借力與整合的秘密」課程的實況 Live 原音收錄，您不需繳納 $19800 學費，花費不到千元就能輕鬆學習到王博士的秘密系列課程！

高 CP 值的 2DVD+1CD 視頻有聲書！

★內含 CD 與 DVDs 與九項贈品！總價值超過 20 萬！超值驚喜價：$990 元

EDBA 擎天商學院全套系列包括：
書、電子書、影音 DVD、CD、課程，歡迎參與——

- 成交的秘密（已出版）
- 創業的秘密
- 借力與整合的秘密（已出版）
- 眾籌的秘密

- 催眠式銷售
- 網銷的秘密
- 價值與創價的秘密
- B 的秘密

- N 的秘密
- T 的秘密
- 公眾演說的秘密（已出版）
- 出書的秘密

- 成功三翼
- 幸福人生終極之秘

……陸續出版中

實體書與課程實況 Live 影音資訊型產品同步發行！

超業們成交的秘密，教你賣什麼都 OK！

《成交的秘密》
王擎天 / 著 $350 元

2DVD+1CD 視頻有聲書！
$990 元

擎天商學院系列叢書及影音有聲書，於全省各大連鎖書店均有販售，歡迎指名購買！
網路訂購或「EDBA 擎天商學院」課程詳情，請上新絲路官網 www.silkbook.com

你不用很厲害才開始，但你必須開始了才會很厲害。

學會公眾演說，
讓你的影響力與收入翻倍！

公眾演說是倍增收入、增加自信及影響力的槓桿工具，就再總是羨慕別人多金又受歡迎。現在就讓自己也成為那種人！

理論知識 + **實戰教學** + **個別指導諮詢** + **三年免費複訓**

助你鍛鍊出隨時隨地都能自在表達的「**演說力**」

公眾演說班

教您怎麼開口講，更教您上台不怯場，站上世界舞台一對多銷講，創造知名度，成為行業領域的專家，開啟現金流，成為銷講大師。

非會員價：39,800元　八大學員價：19,800元　王道會員價：免費

世界級講師培訓班

王擎天博士是北大 TTT（Training the Trainers to Train）的首席認證講師，其主持的公眾演說班，理論 實戰並重，把您當成世界級講師來培訓，讓您完全脫胎換骨成為一名超級演說家，並可成為亞洲或全球八大明師大會的講師，晉級 A 咖中的 A 咖！

非會員價：98,000元　八大學員價：49,000元　王道會員價：19,000元

擎天弟子終身所有課程皆免費！

成為超級演說家，就是現在！立即報名——

報名請上新絲路官網　新·絲·路·網·路·書·店 *silkbook*●com

www.silkbook.com 或掃 QR 碼

為什麼
你還是窮人？創業如何從0到1
創業．經驗．分享 Startup + Experience + Sharing

19世紀50年代在美國加州的發現大量黃金儲量，隨之迅速興起了一股淘金熱。農夫亞默爾原本是跟著大家來淘金一圓發財夢，後來他發現這裡水資源稀少，賣水會比挖金更有機會賺錢，他立即轉移目標——賣水。他用挖金礦的鐵鍬挖井，他把水送到礦場，受到淘金者的歡迎，亞默爾從此很快便走上了靠賣水發財的致富之路。無獨有偶，雜貨店老闆山姆·布萊南蒐購美國西岸所有的平底鍋、十字鍬和鏟子，以厚利賣給渴望發財的淘金客，讓他成為西岸第一個百萬富翁。

每個創業家都像美國夢的淘金客，然而真正靠淘金致富者卻很少，實際創業成功淘金的卻只占少數，更多的是許多創新構想在還沒開始落實就已胎死腹中。

創業難嗎？只要你找對資源，跟對教練，創業不 NG！

師從成功者，就是獲得成功的最佳途徑！
不論你現在是尚未創業、想要創業、或是創業中遇到瓶頸

你需要有經驗的明師來指點——**應該如何創業，創業將面臨的考驗，到底要如何來解決——王擎天博士就是你創業業師的首選**，王博士於兩岸三地共成立了**19家公司**，累積了豐富的創業知識與經驗，及獨到的投資眼光，為你準備好創業攻略與方向，手把手一步一步地指引你走上創富之路。

好創意
新技術
有熱情 → 名師指引 團隊支援 → 創業保證成功

2017八大明師創業培訓高峰會

Step1 想創什麼業？ Step2 你合適嗎？ Step3 寫出創業計畫書 Step4 創業，我挺你！ 祝！創業成功！

你創業我相挺！你想創業嗎？

這是一個創業最好的時代，如今的創業已從一人全能、單打獨鬥的場面轉變為團隊創業、創意創業。每個創業家都像故事中的淘金客，而**王擎天博士主持的創業培訓高峰會、Saturday Sunday Startup Taipei ,SSST、擎天商學院實戰育成中心**就是為創業家提供水、挖礦工具和知識、資訊等的一切軟硬體支援，為創業者提供創業服務。幫你「找錢」、「找人脈」、「對接人才」、幫你排除「障礙」，為你媒合一切資源，提供你關鍵的協助，挺你到底！

2017 SSST 創業培訓高峰會 StartUP@Taipei

活動時間：**2017** ▶ **6/3、6/24、6/25、7/8、7/9、7/22、7/23、8/5**

—— **Startup Weekend！ 一週成功創業的魔法！** ——

★立即報名★ → 報名參加 2017 SSST 由輔導團隊帶著你一步步組成公司，
上市上櫃不是夢！雙聯票推廣原價：**49800** 元
早鳥優惠價：**9900** 元 (含 2017八大八日完整票券及擎天商學院 EDBA 20堂秘密淘金課)

★參加初選★ → 投遞你的創業計畫書，即有機會於 SSST 大會上上台路演，當場眾籌！
有想法，就來挑戰～創業擂台與大筆資金都等著你！

初選
投遞你的
創業計畫書

➡ **書面審查**
評選出 50 名
參加複賽決選

➡ **決選路演**
在創業競賽大會上
簡報你的創業計畫

⬇

**給你一切
的支援**

⬅ **業師輔導**
財務規劃、法律、
行銷等諮詢輔導

⬅ **資源媒合**
現場對接資金、
人脈、媒合人才

⬇

**成立公司
上市或上櫃**

這場盛會，將是
**改變你
人生的起點！**

為什麼
創業會失敗？

內含史上最強「創業計畫書」

課程詳情及更多活動資訊請上官網 ▶ **新絲路網路書店**
http://www.silkbook.com

★借力使力最佳導師★

　　王擎天博士為兩岸知名的教育培訓大師，其所開辦的課程都是叫好又叫座！他既能能坐而思、坐而言也會起而行，有本事將自己的 Know how、Know what 與 Know why 整合成一套大部分的人可以聽得懂並具實務上可操作性極強的創富系統，是您最佳的教練與生命中的貴人！

　　王博士在大陸所舉辦的課程更是一位難求，轟動培訓界！能有這樣大的熱烈反應與回響，歸因於大陸學員相比台灣學員學習態度好、求知欲旺盛，即使是農村小城市不乏求知若渴的準知識份子，深怕自己所學不足，渴望學習，其拼博精神不容小覷，導致其大陸課程班班爆滿、場場轟動！大陸培訓界的名師都有收弟子的慣例，束脩動輒幾十萬人民幣甚至百萬以上，仍有不少人趨之若鶩。早些年每每王博士上完課總有一些大陸學員要求王博士收其為弟子，但他總是婉拒。一來是因為王博士並沒有常駐中國，二來是他身為台灣人，覺得若要收弟子也應以台灣人為優先。

2017 年美國進入川普時代，
種種跡象也顯示了 2017 是中國超越台灣的一年

- ✅ 中國白領平均月薪突破 22K 超越台灣基本工資
- ✅ 第三方支付 · 行動支付的機制全面普及，中國超越了台灣
- ✅ 大陸高新技術產業及 IC 設計產值於本年度超越台灣

　　令王博士萌生了想收弟子的念頭，他想盡棉薄之力，將其畢生所學、智慧及經驗傾囊相授，用一己之力振興台灣，不以營利為目的只為傳承！

你是否想接受明師一對一的客製化指導？
是否想借力致富，想認識商界大老們，打進富人圈？

那麼您一定不能錯過值得您一生跟隨的好導師── 王擎天 博士！

成為培訓大師王擎天的
嫡傳弟子，就是現在！！

好的導師價值連城，可以幫助你和你的事業騰飛，站在巨人的肩膀上登高望遠，踏著成功者的腳步走，用最短的時間學習頂尖高手的成功經驗，在自己的事業舞台上發光發熱！

趨勢指引　人脈引薦　策略指導　經驗傳承

為自己找一個好導師，您就已經成功一半！王擎天被譽為台灣最有學問的學者型企業家＆台版「邏輯思維」大師，是您事業大爆發的最佳助力！

在今年 2017 八大明師大會期間（6/24、6/25、7/8、7/9）現場加入王道增智會成為會員者，即可免費成為王擎天大師的終身嫡傳弟子，限收12 名，弟子們可隨時向王博士請益、求教，接受大師面對面的指導，手把手的全真傳授！醍醐灌頂的啟發、精準的建議和巧妙的引導，讓您的事業一帆風順，並還可能接掌王擎天大師的事業，成為他的接班人。

2017 世界華人八大明師
創業培訓高峰會

6/24、6/25、7/8、7/9
現場加入王道增智會會員者，
免費成為王擎天大師的終身嫡傳弟子！
機會難得！名額有限，敬請把握！

報名請洽 ▶ 新絲路網路書店 www.silkbook.com

窮人自食其力，富人借力使力，
透過團隊借力快又有效率！

小成功靠個人，大成功靠團隊！
當前資訊時代，單打獨鬥的成功模式不易，必須仰賴團隊，
互助合作，透過滾動的人脈與資源，讓您借力使力不費力！
借力使力等於加速度，借用越多的力量，成功得越輕鬆、越快。

★★★ 借力使力最佳團隊 ★★★

王道增智會

　　若想創業致富，開啟新的成功人生，只要在 2017 年成為「**王道增智會**」的會員，即可成為王擎天大師的弟子，王擎天博士成為您一輩子的導師後，不僅毫無保留的傳授他成功的祕訣，他所有的資源您也可以盡情享用！博士基於其研究熱情與知識分子的使命感，勇於自我挑戰並自我突破，開辦各類公開招生的教育與培訓課程；提升學員的競爭力與各項核心能力，每年都研發新課程，且所有開出的課程都是既叫好又叫座！王博士在兩岸共計 19 個事業體，其接班人也將由弟子中遴選，機會可謂空前絕後 !!!

　　「王道增智會」的另一重要功能便是有效擴展你的人脈！透過台灣及大陸各省市**「實友圈（王道下屬機構）」**，您可結識各領域的白領菁英與大陸各級政府與企業之領導，大家互助合作，可快速提昇企業規模與您創業及個人的業務半徑。

　　除了熱愛學習者紛紛加入**「王道增智會」**之外，想開班授課或想出版書籍者也一定要加入王道增智會！王道增智會所屬**「培訓講師聯盟」**與**「培訓平台」**以提昇個人核心能力與創富人生、心理勵志等範疇，持續開辦各類教育學習課程，極歡迎各界優秀或有潛質的講師們加入。此外，王擎天博士下轄數十家出版社與全球最大的華文自資出版平台，若您想寫書、出書，加入王道增智會，王博士即成為您的教練，協助您將王博士擁有的寶貴資源轉為您所用，與貴人共創 Win Win 雙贏模式！

> # 優良平台・群英集會，
> # 資源共享，共創人生高峰！

「王道增智會」會員的第一項福利就是王博士將其往後終身所有的課程一次性地以**「終身年費、終身上課完全免費」**的方式送給您了！您還在等什麼呢？

報名專線：
02-8245-8318

新・絲・路・網・路・書・店
silkbook○com

www.silkbook.com

增智慧‧旺人脈‧新識力
開啟您嶄新成功的人生

「王道增智會」是什麼？
——源起於「聽見王擎天博士說道，就能增進智慧！」。

　　亞洲八大名師首席王擎天博士，為了提供最高 CP 值的優質課程，特地建構「王道增智會」，冀望讓熱愛學習的人，能用實惠的價格與單純的管道，一次學習到多元化課程，不論是致富、創業、募資、成功、心靈雞湯、易經玄學等等，不只教您理論，更帶您逐步執行，朝向財務自由的成功人生邁進。

　　「王道增智會」在王擎天博士領導下，下轄

台灣實友圈 、 王道培訓講師聯盟 、 王道培訓平台 、 擎天商學院 、
自助互助直效行銷網 、 創業募資教練團 、 創業創富個別指導會 、 王道微旅行
、 商機決策委員會 和每季舉辦的 商務引薦大會 等十大菁英組織。

　　加入王道增智會，將**自動成為此十個菁英組織之成員同時擁有此十個平台之終身會籍**。只要成為王道增智會的終身會員，**即可免費參與擎天商學院 & EMBA 全部課程**，會員與同學們互為貴人，串聯貴人，帶給你價值千萬的黃金人脈圈，共享跨界智慧！

立刻報名王道增智會，擁有平台、朋友、貴人 !!
您的抉擇，將決定您的未來 !!!

終身會員定價：NT$ **120,000** 元（入會費 $20,000 元＋終身年費 $100,000 元）
「世界華人八大明師」現場優惠價：NT$**88,000** 元
報名專線：02-8245-8318　　（報名完成即免費升級成為王博士終身弟子）
mail：15141312@book4u.com.tw　service@book4u.com.tw

新‧絲‧路‧網‧路‧書‧店
silkbook ○ com　詳情請洽新絲路網路書店

www.silkbook.com　　王道增智會官網

CROWDFUNDING
Dreams Come True

想創業，卻苦無資金嗎？

如果你的**提案夠吸睛**，

全世界都會來幫你！！

定價：320元

全球八大名師亞洲首席 **王擎天** 博士／著

CROWDFUNDING：Dreams Come True

眾籌
無所不籌‧夢想落地

《眾籌》
無所不籌‧夢想落地

創業時代最偉大的商業模式──眾籌，

徹底顛覆了資本與資源的取得方式，

給予創業者前所未有的圓夢機會。

適 用 對 象

完全 **零基礎** 的創業者　正在 **進行中** 的創業者　有 **失敗經驗** 的創業者

眾籌‧創業募資 **2日實作班**

被譽為兩岸培訓界眾籌第一高手的**王擎天博士**，

手把手教會您眾籌全部的技巧與眉角，課後立刻實做，立馬見效。

時間：**2017‧7/22 ～ 7/23**

（每日9:00～18:00 於中和采舍總部三樓 NC 上課）

2018、2019 年……開課日期請上官網查詢

★王道★
88000PV
會員免費

新‧絲‧路‧網‧路‧書‧店
silkbook○com

報名請上新絲路官網

www.silkbook.com 或掃 QR 碼

學習領航家——  新絲路視頻
一饗知識盛宴，偷學大師真本事

新視野 New Horizons　新思路 New Ideas　新知識 New Knowledge

　　兩千年前，漢代中國到西方的交通大道——絲路，加速了東西方文化與經貿的交流；兩千年後，新絲路視頻 提供全球華人跨時間、跨地域的知識服務平台，讓想上進、想擴充新知的你在短短的 40 分鐘時間看到最優質、充滿知性與理性的內容（知識膠囊）。

　　活在資訊爆炸的 21 世紀，你要如何分辨看到的是資訊還是垃圾謠言？
　　成功者又是如何在有限的時間內從龐雜的資訊中獲取最有用的知識？

　　想要做個聰明的閱聽人，你必需懂得善用新媒體，不斷地學習。新絲路視頻 提供閱聽者一個更有效的吸收知識方式，快速習得大師的智慧精華，讓你殺時間時也可以很知性。

師法大師的思維，長智慧、不費力！

新絲路視頻 節目～1重磅邀請台灣最有學識的出版之神——王擎天博士主講，有料會寫又能說的王博士憑著紮實學識，被朋友喻為台版「羅輯思維」，他不僅是天資聰穎的開創者，同時也是勤學不倦，孜孜矻矻的實踐者，再忙碌，每天必定撥出時間來學習進修，可說是真正的飽讀詩書，學富五車，家中藏書高達二十五萬冊，並在歷史、教育、科學、商管、成功學等範疇都有鉅著問世。在新絲路視頻中，王博士將為您深入淺出地探討古今中外歷史、社會及財經商業等議題，內容包羅萬象，且有別於傳統主流的思考觀點，從多種角度有系統地解讀每個議題，不只長智識，更讓你的知識升級，不再人云亦云。

　　每一期的 新絲路視頻～1 王擎天主講節目於每個月的第一個星期五在 YouTube 及台灣的視頻網站、台灣各大部落格跟大陸所有視頻網站、網路電台、王擎天 fb、王道增智會 fb 同時同步發布。

培訓您成為全方位演說家！
億級財富到你家！！

講師陣容：
Training of Trainer

亞洲八大明師首席
王擎天

心與心最近的距離——
必須學會演講

華人知識經濟教父
黃禎祥

曾經燒掉數億元，三年後再創高峰！
改變命運最快的方法——
必須學會演說

我們將打造 2018 亞洲八大講師，你想成為其中之一嗎？

我們將提供

★ **亞洲舞台資源**：北京、上海、新馬、港澳、杭州、貴陽、台北……

★ **八天完整有系統的訓練**：
　 如何讓你掌握麥克風的影響力，保證由內到外散發魅力。

★ **個人魅力演說 V.S. 團隊示範演說**：
　 溝通‧談判‧真誠‧分享‧雙贏‧共好
　 銷售、行銷、管理自己 V.S. 如何傳接球並且贏得最終勝戰！

我們要找的人，需具備的特質
熱情‧堅持‧積極‧善良‧有錢‧賺正財

2017年CP值最高的投資
2017/6/24 來現場，你將會知道沒有來的損失有多大？

聯繫窗口：02-55740723　0955272235　02-82458318

課程時間或報名請上新絲路官網 silkbook ○ com 查詢 ➡

國家圖書館出版品預行編目資料

公眾演說的秘密 / 王擎天 著. -- 初版. -- 新北市：創
見文化出版, 采舍國際有限公司發行, 2017.04　面；
公分-- （擎天商學院03）
ISBN 978-986-271-748-6（平裝）

1. 演說術

811.9　　　　　　　　　　　　　　105025166

擎天商學院03

公眾演說的秘密

創見文化·智慧的銳眼

出版者／創見文化
作者／王擎天
總編輯／歐綾纖
主編／馬加玲　　　　　　　　　美術設計／吳佩真

本書採減碳印製流程
並使用優質中性紙
（Acid & Alkali Free）
通過綠色印刷認證，
最符環保要求。

郵撥帳號／50017206 采舍國際有限公司（郵撥購買，請另付一成郵資）
台灣出版中心／新北市中和區中山路2段366巷10號10樓
電話／（02）2248-7896　　　　　傳真／（02）2248-7758
ISBN／978-986-271-748-6
出版日期／2017年4月

全球華文市場總代理／采舍國際有限公司
地址／新北市中和區中山路2段366巷10號3樓
電話／（02）8245-8786　　　　　傳真／（02）8245-8718

全系列書系特約展示門市
新絲路網路書店
地址／新北市中和區中山路2段366巷10號10樓
電話／（02）8245-9896
網址／www.silkbook.com

※本書全部內容，將以電子書形式於新絲路網路書店全文免費下載！

本書於兩岸之行銷（營銷）活動悉由采舍國際公司圖書行銷部規畫執行。

線上總代理 ■ 全球華文聯合出版平台 www.book4u.com.tw
主題討論區 ■ http://www.silkbook.com/bookclub　　　● 新絲路讀書會
紙本書平台 ■ http://www.silkbook.com　　　　　　　● 新絲路網路書店
電子書平台 ■ http://www.book4u.com.tw　　　　　　● 華文電子書中心

Ｂ 華文自資出版平台　　　全球最大的華文自費出版集團
www.book4u.com.tw　　　專業客製化自助出版·發行通路全國最強！
elsa@mail.book4u.com.tw
iris@mail.book4u.com.tw